Margaret Peterson Haddix

Entre los traicionados

Margaret Peterson Haddix

Entre los traicionados

BIBLIOTHECA
HOMO
LEGENS

BIBLIOTHECA HOMO LEGENS

© Editorial Ivat S.L., 2025
Calle Nicasio Gallego, 9
28010 Madrid
91 005 35 54
www.homolegens.com

ISBN: 979-13-88176-09-8
Depósito legal: M-6243-2026

Traducción y maquetación: Daniel Laks
Diseño de la portada: Álex H. Poles

Impreso en España - Printed in Spain

ÍNDICE

Capítulo 1...11
Capítulo 2...15
Capítulo 3...19
Capítulo 4...26
Capítulo 5...34
Capítulo 6...37
Capítulo 7...42
Capítulo 8...44
Capítulo 9...49
Capítulo 10 56
Capítulo 11 61
Capítulo 12 67
Capítulo 13 70
Capítulo 14 73
Capítulo 15 76
Capítulo 16 81
Capítulo 17 85
Capítulo 18 89
Capítulo 19 92
Capítulo 20 98
Capítulo 21 104
Capítulo 22 109
Capítulo 23 114
Capítulo 24 120
Capítulo 25 127
Capítulo 26 132
Capítulo 27 139
Capítulo 28 146

A Meredith

Capítulo 1

Se suponía que de las pesadillas te despertabas.

Eso era lo que Nina se repetía mientras se acurrucaba en el suelo de su celda de hormigón. Toda su vida había tenido pesadillas en las que la capturaba la Policía de Población. A veces iban con palas y la recogían como si fuera basura tirada en la calle. A veces llevaban armas y le clavaban el cañón en la espalda o se lo apoyaban en la cabeza.

Pero siempre se despertaba antes de que apretaran el gatillo.

Una vez incluso soñó que un agente de la Policía de Población que había ido a por ella llevaba el camisón de encaje con volantes de la tía Zenka, gorrito de dormir incluido. Durante meses, después de aquel sueño, Nina se negó a darle el beso de buenas noches a la tía Zenka, y nadie entendía por qué. Nina no lo decía, porque entonces todos se reirían, y maldita la gracia.

Nina sabía que tenía motivos de sobra para tenerle pánico a la Policía de Población. Eran el hombre del saco y el lobo feroz y la bruja malvada y el monstruo de las pelis cutres de miedo y cualquier villano del que hubiera oído hablar jamás, todo en uno.

Pero, igual que el hombre del saco y el lobo feroz y la bruja malvada y el monstruo de las pelis cutres de miedo, la Policía de Población era cosa de cuentos y pesadillas, no de la vida real.

Nina se dio un cabezazo contra el cemento de la pared.

—¡Despierta! —se ordenó, desesperada—. ¡Despierta!

El golpe le dejó la cabeza dolorida, y eso no pasaba en los sueños, ¿no? En los sueños no dolía nada. Podían azotarte hasta hacerte sangrar la espalda y no sentías nada. Podían atarte los pies para impedir que salieras corriendo y las cuerdas no te mordían la piel.

A Nina se le habían despellejado las muñecas y los tobillos por culpa de las esposas y las anillas que la encadenaban a la pared. Le habían arrancado la piel de la espalda a latigazos; el más mínimo roce del vestido contra la columna le provocaba un chasquido de dolor que le recorría todo el cuerpo. Tenía un ojo tan hinchado por la paliza que casi no podía abrirlo.

Le dolía todo.

Pero lo de mi arresto ha sido una pesadilla, se dijo Nina con obstinación.

Saboreó ese halo onírico de sus recuerdos, como si su arresto hubiera sido algo bueno... y no el peor momento de su vida. Ni siquiera recordaba a la Policía de Población entrando en el comedor o pronunciando su nombre. *¿Lo ves? ¿Lo ves? ¿No demuestra eso que no ha pasado de verdad?* Ella estaba allí sentada, tan tranquila, desayunando, contenta porque en la avena le habían tocado tres pasas enteras. Y, de repente, el comedor se sumió en un silencio sepulcral y todos los ojos se clavaron en ella. Lo notó al instante: se le cayó la cuchara. La avena salpicó a la chica de al lado, pero Lisle no se quejó: se quedó mirándola, igual que las demás. Y fue aquello, no el sonido de su nombre, lo que la empujó a levantarse y avanzar, ofreciendo las muñecas para que la esposaran.

¿Qué nombre habían dicho?, se preguntó Nina. *¿Nina o... o...?*

No, ni siquiera se lo iba a plantear. A veces, en los sueños, la Policía de Población podía leerte la mente.

Nina volvió a recordar cómo las otras chicas permanecieron sentadas como muñecas en una estantería mientras ella avanzaba por el interminable pasillo entre las mesas. El comedor de siempre se había convertido, de algún modo, en un cañón hecho de ojos. No miraba ni a derecha ni a izquierda, pero sentía todas esas miradas siguiéndola en silencio. Eran como ojos de muñeca: vacíos como canicas.

¿Por qué nadie me defendió?, se preguntó. *¿Por qué nadie dijo nada, suplicó, rogó, se negó a dejar que me llevaran?* Lo sabía. Aunque solo fuera una pesadilla —lo era, ¿verdad?—, todas debían de haber estado demasiado aterradas para decir ni pío. Nina sabía que ella también se habría quedado callada si le hubiera pasado a otra. Si hubiera sido otra la que avanzaba, como atontada, hacia aquel hombre con medallas en el pecho. Otra a la que hubiesen arrestado. (¿Por qué la habían cogido a ella? ¿Cómo se habían enterado? ¿Por qué era ella la única de la que sabían...? *Basta,* se regañó. *Las pesadillas no tienen sentido*).

Recordó lo mucho que le había costado obligar a sus pies a moverse: arriba, abajo, derecha, izquierda, acercándose a cada paso... Tampoco había podido protestar ni defenderse. Abrir la boca, aunque fuera un poco, lo justo para soltar un gemido, habría desatado la histeria. *Por favor, no me mate. Solo soy una cría. No quería saltarme ninguna ley. No es culpa mía. Ah, y, por favor, no se lleve a Jason...*

Ahora, en la celda, Nina apretó los dientes, temiendo que esas palabras se le escaparan en voz alta. No se lo podía permitir. Alguien podía estar escuchando. Alguien podía oír su nombre. Hiciera lo que hiciera, tenía que proteger a Jason. A Jason y a su abuela y a sus tías. Y a sus padres, claro. Podía morderse la lengua sobre los demás. Era el nombre de Jason el que quería aullar; era a Jason a quien quería llamar.

Jason, ¿sabes dónde estoy? ¿Te preocupaste cuando no aparecí en nuestro sitio de siempre, en el bosque? Tú eres valiente. ¿Puedes... puedes rescatarme?

Se sentía tan ridícula... Solo había sido un sueño. En unos minutos sonarían las campanas de la mañana y abriría los ojos en su litera de arriba, que se balanceaba, en el internado Harlow para chicas. Luego se lavaría los dientes, se lavaría la cara, se cambiaría de ropa y, a lo mejor, a lo mejor, le tocarían cuatro pasas en la avena del desayuno...

Volvió a recordar su arresto. Recordó cómo había llegado al frente del comedor y se había plantado delante del policía. En el último instante, justo antes de que el agente cerrara las esposas de metal sobre sus muñecas, se había fijado en otro hombre que estaba detrás, mirándola con la misma intensidad que sus compañeras. Pero ellas ya tenían la mirada vidriosa del miedo, los ojos tan vacíos como los de las muñecas. Los ojos oscuros de aquel hombre lo decían todo.

Estaba furioso. La odiaba. Quería verla muerta.

Nina jadeó. Ya no podía fingir. Recordaba demasiado. No podía haber soñado, imaginado ni inventado esa mirada. Era real. Todo lo que le había pasado era real. Tenía esposas de verdad en las muñecas, marcas de verdad en la espalda, y un miedo de verdad inundándole la cabeza.

—Me van a matar —susurró Nina, y casi fue un alivio: por fin, por fin rendirse y perder toda esperanza.

Capítulo 2

—¿Por qué?

Estas palabras le estallaron a Nina en los oídos y la sacaron de golpe del sueño. Luego dio un respingo: tenía la cara de un hombre a escasos centímetros, gritándole.

—¿Por qué traicionaste a tu país? —exigió él.

Nina parpadeó. Total, estaba perdida... ¿por qué no discutir?

¿Traicionar a mi país? Podía haberle escupido esas palabras con desprecio. *¿Qué clase de país llama traición al simple hecho de nacer? ¿Se suponía que tenía que quitarme la vida por lealtad? ¿Por patriotismo? ¿Qué culpa tengo yo de que mis padres tuvieran dos hijos antes que yo?*

Pero cualquier cosa que dijera delataría a su madre, a su abuela y a sus tías... a todos los que la habían mantenido escondida, a todos los que la habían mantenido con vida.

No dijo nada.

El hombre se puso en cuclillas. La celda estaba oscura; Nina pensó que seguramente era medianoche. La silueta del hombre apenas era una sombra borrosa delante de ella. *Él es un escondido y yo también,* pensó Nina. Seguía tan aturdida que aquello le pareció hasta gracioso.

Entonces el hombre giró la cabeza y murmuró:

—Ahora.

Al instante, la celda se iluminó con una luz dura, demasiado intensa, de una bombilla desnuda en el techo. Nina cerró los ojos.

—Sé que estás despierta —dijo el hombre en voz baja—. No puedes esconderte.

Nina se tensó al oír esa palabra: *esconderte*. Lo sabía. Claro que lo sabía. Si no, ¿por qué la iban a detener? Creía que ya se había resignado a morir, pero de pronto sintió que se ahogaba en una ola de pánico. ¿Era esto? ¿Iba a dispararle? ¿O la sacarían de allí para matarla en otro sitio? ¿Cómo mataba la Policía de Población a los niños ilegales?

Nina entreabrió los ojos: era mejor ver a su asesino que acobardarse a ciegas, esperando el disparo en cualquier momento. Pero lo que vio delante de ella la sobresaltó aún más: reconoció al hombre. Era el que había estado allí cuando la arrestaron, mirándola con aquellos ojos cargados de odio.

Nina volvió a cerrar los ojos sin fuerzas. Daba igual. La imagen de aquel hombre se le había quedado grabada en la cabeza. Era alto y musculoso, y llevaba ropa cara, como alguien de la tele. El pelo oscuro se le ondulaba hacia atrás; tenía la frente despejada. Infundía respeto, como Jason. Pero Jason nunca la había mirado con semejante odio.

Nina recordó algo que su abuela solía decir:

—Si las miradas mataran...

Las miradas matan, abuela, quiso decir Nina. *Esa mirada me va a matar.*

El hombre soltó una risita.

—Me da igual que hables o no —dijo—. Tu compinche ya nos lo ha contado todo. Se rompió como un huevo. Solo pensé que te gustaría tener la oportunidad de darnos tu versión. A lo mejor tu amigo mintió un poco para salvar el pellejo. Para quedar un poco mejor y dejarte a ti... bueno, en peor lugar. Echarte la culpa. ¿Entiendes?

El hombre casi le canturreaba al oído; tenía la cara tan cerca que Nina sentía su aliento en la mejilla. Apenas podía pensar. ¿De qué estaba hablando?

Durante un momento ni siquiera entendió la palabra que había usado: *¿compinche?* ¿A qué se refería? Entonces recordó las novelas de misterio que la tía Lystra les leía en voz alta en casa, las noches en que no funcionaba la tele. En esos libros, los detectives siempre acusaban a alguien de ser *cómplice del crimen*. Los compinches eran cómplices. ¿Se refería a su abuela y a sus tías? ¿Cómplices de haberla escondido?

A Nina apenas le dio tiempo a contener el jadeo. *¡No!*, habría querido gritar. *¡No las habéis cogido! ¡No podéis haberlo hecho!* Se le llenaron los ojos de lágrimas, en silencio.

Pero el hombre no había dicho *compinches*, en plural. No había dicho ellos o ellas. Había dicho *compinche*, en singular. Él.

Nina solo conocía a un *él*.

No, se corrigió desesperada. *También conocí a otros chicos del internado Hendricks. Que no los conociera de verdad no significa que no pudieran traicionarme. De hecho, lo hace más probable: para ellos sería más fácil delatarme.*

Nina pensó en los chicos con los que ella y sus amigas se escabullían por la noche para verse en el bosque. Eran tan asustadizos y nerviosos como conejos. No se imaginaba a ninguno con valor suficiente como para plantarse delante de la Policía de Población.

Excepto uno.

¡No! Ese *no* fue como un golpe seco dentro de su cabeza. Y puede que lo gritara, sin darse cuenta. Aunque olvidara que Jason la quería, aunque olvidara que la ha-

bía besado a escondidas, a la luz de la luna... él también era un tercer hijo ilegal. Todos lo eran: todos los chicos que se reunían en el bosque. Y aunque hubieran querido, delatarla habría sido demasiado arriesgado para cualquiera de ellos.

Quizá ha sido mi padre, pensó Nina con amargura. *A lo mejor la abuela se había equivocado y él sí sabía que yo había nacido, que existo. A lo mejor pensó que le darían una recompensa por entregarme.*

Nina abrió los ojos con rabia suficiente ya para sostenerle la mirada sin pestañear a aquel hombre cruel.

El hombre sonreía.

—Oh, Scott... o debería decir Jason... nos ha contado historias muy interesantes —dijo en tono alegre—. Según él, eras la que tomaba las decisiones.

Nina gritó. El sonido rebotó en su diminuta celda de hormigón: un alarido largo, sin palabras, hecho solo de rabia y dolor.

Cuando dejó de gritar, el hombre había desaparecido.

Capítulo 3

Ni siquiera sabía si había amanecido. Se quedó allí sentada durante horas, tiesa, dolorida y con el corazón hecho trizas, encogida bajo la luz implacable de la única bombilla desnuda.

Siempre dicen que lo peor que te puede pasar es morir, pensó. *Pues no.*

Ojalá aquel hombre la hubiera matado y se hubiera acabado todo. Podría haber muerto... bueno, no feliz, pero al menos aferrándose a algo, a una idea en la que creer: *Jason me quiere. Ay, Jason, amor mío, adiós.* Desde que la detuvieron —se daba cuenta— había empezado a imaginarse a sí misma y a Jason como una de esas parejas trágicas, marcadas por la mala suerte, que salían en los libros y las series favoritas de la tía Zenka.

La abuela y las otras tías siempre se burlaban de la tía Zenka por engancharse a esas historias.

—¡Venga ya! —recordaba Nina que rezongó la tía Lystra una noche, mientras la tía Zenka leía en voz alta a la luz de una vela—. ¿Por qué la heroína, tan guapa y tan llena de vida, no le dice a Jacques: «Oye, tienes tuberculosis y no tiene cura. La vida es demasiado corta como para quedarme aquí viéndote morir. ¡Hasta siempre!».

—¡Porque están enamorados! —protestó la tía Zenka—. Y el amor es...

—...un montón de basura —zanjó la tía Lystra.

La tía Lystra trabajaba en el servicio de limpieza. Siempre estaba comparándolo todo con la basura.

Nina solía compadecer a la pobre tía Zenka, tan sentimental, que se emocionaba con nada: le bastaban los primeros segundos de una serie o la primera frase de un libro para que se le humedecieran los ojos. Pero ahora

Nina pensó que, a lo mejor, la tía Lystra tenía razón. La tía Lystra diría que Nina había sido muy tonta por confiar en Jason desde el principio.

Pero es que conmigo era tan amable..., se defendió Nina. *Y era tan fuerte y guapo, y sabía tantas cosas...*

Por primera vez se le ocurrió preguntárselo en serio: ¿cómo era posible que supiera tanto? Sabía que el bosque era un sitio seguro para quedar. Sabía lo del internado Harlow para chicas. Sabía incluso cuál era la hora exacta para deslizar una nota bajo la puerta principal del colegio, justo cuando las alumnas iban camino de clase, de modo que la encontrara una chica y no una profesora.

Y esa chica había sido Nina.

Se quedó absorta en el recuerdo. Hacía dos meses, en un pasillo del internado Harlow, había recogido una hoja doblada que las demás habían pasado por alto. Se quedó un rato con aquel papel grueso, de color crema, en la mano, preguntándose qué podía ser. Sabía que seguramente no era nada interesante, nada que tuviera que ver con ella: quizá un aviso sobre el aumento del precio de la luz, o alguna directiva del gobierno sobre el tamaño de las cucharas en la cocina del colegio. Pero mientras no lo abriera, podía fantasear con que era algo emocionante... como la invitación de Cenicienta al baile del príncipe, por ejemplo. Y como había sido ella quien la había recogido...

La intriga pudo más. Nina metió el dedo entre los bordes del papel y rompió el cierre. Con cuidado, desplegó la hoja y leyó:

A todas las alumnas de Harlow
preocupadas por los ocultos:

Os invitamos a reuniros con estudiantes
afines del internado Hendricks para chicos
a las 20:00 del 16 de abril,
a mitad de camino, en el bosque, entre
nuestros colegios.

Nina no había oído hablar nunca del internado Hendricks. Y no había estado en el bosque... en ningún bosque. De hecho, salvo el día que llegó al colegio, casi no había pisado el exterior. La palabra *ocultos* la inquietó un poco. ¿Significaba lo que ella creía? ¿Era peligroso?

Pero, en el fondo, le daba igual. En cuanto leyó la nota supo que iba a ir a esa reunión. Habría ido aunque dijera: «A todas las alumnas de Harlow preocupadas por los martillos». O por «las moscas de la fruta». O por «los lápices». O por «el desarrollo de canales y acueductos en las civilizaciones prehistóricas», el tema del que acababa de pasar olímpicamente en la última clase. Tenía la sensación de llevar trece años enteros esperando una invitación así.

Convencer a sus amigas fue algo más complicado.

—Se supone que no podemos salir fuera —dijo Sally con timidez cuando Nina le susurró su secreto aquella noche, después de que apagaran las luces.

—Eso no lo ha dicho nadie nunca —replicó Nina, procurando que no se le notara el pánico en la voz. Si sus amigas se negaban, ¿tendría valor para ir sola?

—Tampoco han dicho nunca *no te cepilles los dientes con agua del váter*, y eso no significa que yo vaya a hacerlo —argumentó Bonner, la otra compañera de habitación de Nina.

Sally era menuda y rubia; Bonner, en cambio, era alta, morena y de huesos grandes, casi corpulenta. Nina, que era de estatura y peso normales, con el pelo castaño, siempre se sentía el eslabón entre las dos. Cuando caminaban juntas por el pasillo, ella iba siempre en medio. Cuando las otras dos discutían, era Nina la que proponía un término medio. Que esta vez se pusieran las dos en su contra la dejó un poco confundida.

—A ver, quieren hablar de los ocultos —dijo Nina.

Incluso en la oscuridad notó cómo a sus dos amigas se les helaba el cuerpo al oír aquella palabra. El internado Harlow estaba lleno de secretos que todo el mundo conocía, pero de los que casi nadie hablaba. Al principio de curso, cuando Nina seguía muerta de añoranza, se entretenía imaginando a la tía Rhoda —la más práctica de todas— apareciendo de pronto en el comedor, durante el desayuno, la comida o la cena, y avanzando decidida hasta el frente de la sala para soltarles la verdad a todos:

—En primer lugar: todas y cada una de vosotras sois *niñas ocultas*: una tercera, cuarta o quizá hasta quinta hija, cuyo propio nacimiento fue ilegal, porque el Gobierno no permite tener más de dos niños.

—En segundo lugar: todas llegasteis aquí con documentación falsa que certifica que sois otra persona, alguien que, según el Gobierno, sí tiene derecho a existir.

—Tercero: cualquiera que no sea tonto se da cuenta de que estáis fingiendo. La mitad de las veces, la rubia, esa que parece sueca, se olvida de contestar cuando la llaman Uthant Mogadishu. Y no es la única. A todas os cambia la cara en cuanto se menciona al Gobierno. Todas os encogéis cada vez que se abre una puerta.

—Conclusión: ¿por qué no dejáis ya el numerito y lo habláis de una vez? Decíos vuestros verdaderos nombres. Hablad de vuestras familias de verdad, no de esos hermanos, hermanas y padres inventados a los que probablemente ni siquiera conocéis. Contad cómo os las arreglasteis para permanecer escondidas todos estos años, antes de conseguir papeles falsos. Daos apoyo, porque todas sabéis lo duro que es salir del escondite, en vez de pasaros cada noche llorando en silencio en la cama, fingiendo que no oís a vuestras compañeras llorar también.

Pero, claro, la tía Rhoda estaba a kilómetros de allí, y Nina no tenía valor para ponerse en pie y soltar aquel discurso. Aun así, con Sally y Bonner, a oscuras en su habitación por la noche, Nina había dejado caer alguna indirecta... y ellas también. Todo el curso había sido como seguir un rastro de migas en un cuento: Nina nunca averiguaba gran cosa de golpe, pero para cuando llegó la primavera ya sabía que Sally tenía dos hermanas mayores, una casa junto al mar y unos padres que colaboraban con la Resistencia, intentando derrocar al Gobierno. Y Bonner un hermano y una hermana, y una familia enorme de tíos y tías que vivían todos en el mismo edificio y se turnaban para cuidar de ella.

—Quieren hablar de niños ocultos —repitió Bonner—. Ya. Y la Policía de Población también. ¿Y si es una trampa?

—¿Y si no lo es? —susurró Nina entre dientes—. ¿Y si es nuestra única oportunidad?

Rezó para que las otras dos no le preguntaran oportunidad de qué, porque no habría sabido explicarlo. A lo mejor Sally y Bonner nunca habían llegado, cuando estaban escondidas, a ese punto en el que te entran ganas de gritarles a las cuatro paredes. A lo mejor no se habían leído y releído —una y otra vez— todos esos cuentos en los que a las princesas las liberan de hechizos y maldiciones. A lo mejor nunca habían pensado, ni siquiera en Harlow: *Por favor, tiene que haber algo más. No puede ser que mi vida sea solo esto.*

—Escuchad, podéis llevaros la tarjeta de identificación al bosque —dijo Nina—. La Policía de Población no puede haceros nada si la lleváis encima. Y ni siquiera tenemos que hablar con esos chicos. Podemos escondernos detrás de los árboles y observar. Venga... venid conmigo, ¿vale? Por favor.

—Vale —aceptó Bonner, sombría.

—¿Sally? —preguntó Nina.

—Vale... —dijo Sally con un hilo de voz.

Nina sabía que, si hubiera habido el menor rayo de luz en la habitación, habría visto el terror absoluto en los ojos de Sally.

Por una vez, Nina agradeció la oscuridad.

Así que se habían internado en el bosque, aferrándose a sus identificaciones falsas como si fueran salvavidas. Pero no se limitaron a esconderse y mirar. Conocieron a Jason y a sus amigos. Y Jason les contó una historia maravillosa sobre una chica no mucho mayor que ellas, Jen Talbot, que había encabezado una protesta para exigir derechos para los terceros hijos, como ellos. Jen había tenido el valor de plantarse ante el Gobierno y decir que los terceros hijos no tenían por qué vivir escondidos. Jen había muerto por lo que creía; y aun así, mientras escuchaba a Jason —con aquella voz tan profunda— hablar de Jen con admiración, Nina había deseado ser como ella.

Pero ahora que estaba arrestada, Nina pensó que Sally y Bonner habían tenido razón. El bosque era peligroso. Ninguna de las tres debería haber puesto un pie fuera de Harlow. Nina no debería haber conocido a Jason, ni haberlo besado, ni haberse enamorado.

—¡No! —volvió a gritar Nina—. No, no, no, no, no...

Capítulo 4

Volvió el hombre cruel. Nina lo miró con frialdad, con los ojos entrecerrados y la barbilla bien alta.

—El que miente es usted —dijo—. ¿Por qué iba a creerle? Puede soltar lo que le dé la gana. Pero yo lo sé. Jason no me traicionaría.

El hombre evitó su mirada. Apartó los ojos hacia un lado de la celda.

—¿Por qué no has comido? —preguntó.

Por primera vez, Nina reparó en una bandeja en el suelo, junto a sus pies. Dos rebanadas de pan negro, con una capa fina de mantequilla sintética en cada una, estaban apiladas en un plato, al lado de una manzana pequeña con aspecto de estar llena de gusanos. No era peor que lo que comían en Harlow, ni que lo que había en casa.

—No tengo hambre —dijo Nina, desafiante, y era verdad.

Pero, en cuanto miró la comida, le rugió el estómago.

—Ya —dijo el hombre con un bufido de incredulidad—. Las huelgas de hambre no sirven de mucho cuando de todas formas estás condenada a morir.

Lo dijo con tanta calma que Nina apenas pudo reprimir el resuello. Así que era cierto. Iban a matarla. Bien.

Pero no iban a conseguir que muriera odiando a Jason.

El hombre se puso en cuclillas y entrecerró los ojos, estudiando a Nina como un entomólogo que observa un bicho curioso. Durante un tiempo, el Gobierno se había empeñado en la idea de que todo el mundo debía comer insectos, y en la tele ponían un montón de programas sobre bichos. Nina nunca se había parado a sentir lástima por los insectos a los que examinaban.

—Bueno —dijo el hombre—. ¿«Nina Idi» es tu verdadero nombre?

¡*No!* Nina tuvo ganas de gritarlo. Decir la verdad ahora, al final, le sentaría de maravilla. Siempre le había encantado su verdadero nombre: Elodie. Elodie Luria. Cuando era muy pequeña, la tía Zenka incluso se había inventado una canción con su nombre:

«Elodie, Melodie... Eres como una melodía... nuestra pequeña Elodie».

Elodie era un nombre de cuento, un nombre de princesa. Tras años de apretarse el cinturón y ahorrar céntimo a céntimo, su abuela y sus tías por fin reunieron el dinero para comprarle a Nina una identificación falsa en el mercado negro. Aquel día, su abuela volvió a casa y dejó la tarjeta sobre la mesa como si fuera un tesoro. Nina se acercó de puntillas y leyó el nombre, con su abuela y sus tías arremolinadas a su alrededor, como hadas madrinas en el bautizo de la Bella Durmiente. Y entonces Nina se puso a gritar.

—¿Nina Idi? ¿Ahora me llamo así? Eso suena como... como Nina Idiota. ¿Queréis que sea una Nina Idiota?

Pero mientras gritaba, una parte de Nina se sentía avergonzada. Aquel rectángulo de plástico no era solo una tarjeta: eran doce años de la tía Lystra con unas gafas que ya no le servían, doce años de la tía Rhoda con el mismo abrigo, doce años de la abuela zurciendo calcetines una y otra vez, hasta que había más remiendo que calcetín. Doce años viviendo todas a base de pan duro y caldo aguado.

Y aun así, Nina no lograba sacudirse la sensación de que aquella tarjeta preciosa era una sentencia de muerte, no un indulto. Si ya no era Elodie, si tenía que ser esa persona nueva y extraña, Nina Idi, entonces no era la melodía de la tía Zenka, no era la niña bonita de la abuela, no era el único rayo de sol en un piso lleno de mujeres mayores agotadas. No era nadie.

De algún modo, por fortuna, su abuela y sus tías habían entendido que aquellos gritos eran miedo, no una rabieta. Se apiñaron a su alrededor, la abrazaron, la consolaron.

—Siempre serás nuestra niña especial, pase lo que pase. Incluso cuando estés lejos, en el internado...

Y con solo oír esa palabra, *internado,* Nina comprendió que Nina Idi de verdad estaba matando a Elodie Luria. Elodie solo podía existir en el piso de la abuela. Nina era la que iba a marcharse.

Pero ahora, si Nina Idi estaba a punto de morir... ¿no era preferible morir siendo Elodie?

La tentación era enorme.

—No es una pregunta tan difícil —la picó el hombre—. ¿Eres Nina Idi o no?

—Es usted el que me arrestó —saltó Nina, solo para ganar tiempo—. ¿No sabe cómo me llamo? ¡A lo mejor ni siquiera ha detenido a la persona correcta!

El hombre se dio la vuelta.

—¡Guardia! —llamó hacia la puerta—. ¡Una silla!

Unos minutos después apareció un guardia con una silla de madera maciza, y el hombre se sentó en ella. Se reclinó sobre el respaldo, cómodo por fin. Nina seguía hecha un ovillo en el suelo de hormigón helado. El guardia se marchó, cerrando la puerta con llave tras de sí.

—He decidido que esta conversación quizá merezca alargarse más de lo que pensaba, y no me apetecía seguir en cuclillas sobre tu asqueroso suelo —dijo el hombre cruel, como si la suciedad de la celda fuera culpa de Nina.

Se inclinó hacia ella y apoyó la barbilla en las manos, los codos sobre las rodillas.

—Bien. Seguro que entiendes que mi pregunta no era tan estúpida como pretendes. Al fin y al cabo, el otro criminal que arrestamos ayer por la mañana, Scott Renault, se hacía pasar por Jason Barstow: fingía ser un tercer hijo ilegal que había conseguido una identificación falsa. Se supone que intentaba engañar a otros ilegales con documentos falsos para que revelaran su verdadera identidad y así poder denunciarlos a la Policía de Población. ¿Lo entiendes? Su historia, por supuesto, es ridícula. Todo el mundo sabe que, en este gran país nuestro, es imposible que un ilegal consiga una identificación falsa. Ningún ciudadano respetable desafiaría de una manera tan descarada a nuestro querido Gobierno.

Nina lo miró, desconcertada.

—¿Q... qué... qué se supone que he hecho? —preguntó en voz baja.

—Traición, por supuesto —dijo el hombre, en tono casi alegre—. Has traicionado a tu país.

—¿Cómo? —insistió Nina.

—Oye, ¿quién se supone que hace las preguntas aquí? —protestó el hombre. Aun así, le respondió—: Tú y ese Jason... ¿o Scott? ¿Cómo quieres que lo llame?

—Jason —susurró Nina—. Se llama Jason.

—Vale. Lo que tú digas. Tú y ese Jason intentasteis engañar a la Policía de Población para que os pagáramos por delatar a un montón de los llamados *parias*, ilegales que trataban de hacerse pasar por ciudadanos legítimos. Justo lo que te decía antes. Solo que esos supuestos *parias* en realidad sí eran ciudadanos legales, y algunos tenían familias muy influyentes, con muchos contactos. Imagínate si la Policía de Población hubiera picado con vuestro numerito...

Nina dejó de escuchar. Nunca en su vida se había sentido tan torpe y tan tonta. Nada de aquello tenía sentido.

—No creerá que yo soy una tercera hija ilegal con una identificación falsa, ¿verdad? —preguntó con cautela.

—Claro que no —dijo el hombre—. No hay ninguna prueba de eso. Y si tú también fueras una paria, ¿por qué ibas a traicionar a los tuyos?

Nina cerró los ojos por miedo a que el hombre viera el alivio que le subía de golpe. Le entraron ganas de dar volteretas allí mismo, en la celda.

¡No lo saben!, quiso gritar. No irían a por su abuela ni a por sus tías, ni a por su madre, para arrestarlas por haberla escondido. Nadie en Harlow se metería en problemas por haber dado cobijo a una fugitiva. La Policía de Población no mataría a Nina por ser ilegal.

No. La matarían por algo que no había hecho.

¿Traición? ¿Delatar a *parias*?

Nina abrió los ojos y le clavó al hombre cruel su mirada más indignada.

—Ha habido un error —dijo con firmeza—. No he intentado delatar a ningún *paria*. Ni he intentado que la Policía de Población me dé dinero a cambio.

El hombre sacó una libreta pequeña y se puso a escribir a toda prisa.

—Ahora nos empezamos a entender —murmuró—. Sabía que acabarías entrando en razón y que intentarías echarle la culpa a Jason, igual que él ha intentado echártela a ti. Entre ladrones, ya se sabe: no hay honor.

Dejó de escribir, pero mantuvo el bolígrafo suspendido sobre el papel.

—Entonces, ¿cuál es tu versión? ¿Vas a hacerte la pobre niña inocente que solo hacía lo que Jason le decía? Siempre ayuda ponerse a llorar en esa parte.

Nina sintió como si la acabara de abofetear.

—No, de verdad —protestó—. No he hecho nada. Y Jason tampoco. Estoy segura.

—¿Así que puedes responder por Jason? —preguntó el hombre—. ¿Dónde estaba y qué hacía, minuto a minuto, cada día?

—No, pero...

—Pero ¿qué? —El hombre ya sonreía con malicia.

—Pero conozco a Jason. Sé que jamás haría algo así.

—Igual que sabes que nunca te traicionaría —dijo el hombre.

—¡Sí! ¡Eso! ¡Exacto! —dijo Nina ansiosa.

El hombre sacó del bolsillo interior de la chaqueta un estuche rectangular de plástico. Se volvió de nuevo y gritó:

—¡Guardia!

Al cabo de unos instantes, el guardia apareció y le pasó una caja metálica entre los barrotes.

—¿Has visto alguna vez una grabadora? —preguntó el hombre a Nina.

—No —dijo Nina.

—Pues esta es una. Podemos grabar lo que diga cualquiera. En una cinta —dijo. Alzó el estuche de plástico que había sacado del bolsillo y metió la cinta en la grabadora—. Y, una vez que algo queda grabado, podemos escucharlo tantas veces como queramos.

Pulsó un botón.

Nina oyó un zumbido y, después, una voz. La cinta crepitaba y se oía mal, como la tele en esos días de bajón de luz. Pero aun así reconoció la voz: era Jason. Nina se inclinó hacia delante, ansiosa, como si Jason estuviera allí de verdad y pudiera lanzarse a sus brazos:

—Y Nina me dijo: «¿Has visto esos anuncios de la tele? Los de los terceros hijos y cómo la Policía de Población quiere darles caza». Me dijo: «Apuesto a que nos pagarían bien si entregamos a alguien». Y yo le dije: «Yo no conozco a ningún tercer hijo». Y ella se rio y dijo: «¿Y qué? Solo tenemos que fingir. Podemos entregar a quien queramos y nos darán una recompensa». Y yo dije: «Pero eso es mentir. Está mal. No podemos hacer eso». Pero entonces ella me convenció... ya sabe cómo son las chicas».

Nina alargó la mano y le arrebató la grabadora. La estampó contra la pared de enfrente con todas sus fuerzas. Se partió al chocar contra el hormigón; la cinta salió disparada y cayó al suelo con un golpe. Nina se estiró todo lo que pudo para alcanzarla, porque quería destrozarla también. Pero el hombre fue más rápido. La cogió antes de que Nina llegara; las esposas se le clavaron en las muñecas y la frenaron en seco. Luego se la guardó en el bolsillo.

—Vaya, vaya —dijo él—. Menudo genio. —Sacó otra vez la libreta—. Entonces, ¿puedo dejar constancia de que dices exactamente lo mismo que Jason, pero cambiando los nombres? «Y Jason me dijo a mí: "Apuesto a que nos pagarían bien si entregamos a alguien...". Y yo dije: "Pero eso es mentir. ¡Está mal! ¡No podemos hacer eso!"» —parodió a Nina con una voz afectada y chillona, deliberadamente infantil.

Nina no contestó. Se volvió hacia la pared para que el hombre no la viera llorar. Y, en algún rincón de su mente, se encendió una idea: *esto no es una pesadilla*. Ni siquiera las pesadillas son tan horribles.

—Entonces... ¿tu silencio es un sí? —la apremió el hombre—. Pero ¿a qué estás diciendo que sí? ¿A que quieres traicionar a ese Jason al que conocías tan bien, igual que él te traicionó a ti? ¿O a que lo que él dijo era verdad y toda la culpa es tuya? ¿A cuál de las dos?

Nina se obligó a mirarlo de nuevo.

—Yo —dijo, con rabia— no voy a estar de acuerdo con nada de lo que diga.

—Mmm —hizo el hombre—. Qué interesante. Porque estaba a punto de proponerte un trato que podría salvarte la vida. Pero parece que ahora mismo no estás de humor. Supongo que mi propuesta tendrá que esperar.

Se levantó, recogió la silla y los trozos de la grabadora rota y salió de la celda, cerrando tras él. Nina mantuvo la cara vuelta para poder sollozar contra la pared.

Pero cuando estuvo segura de que ya se había ido, miró y vio que se había dejado atrás un pañuelo blanco, doblado con cuidado, perfectamente planchado. Nina lo agarró y lo hizo una bola, dispuesta a estamparlo también contra la pared. Pero un pañuelo no iba a golpear con la misma contundencia que la grabadora. Un pañuelo caería despacio al suelo, flotando, como un pájaro cuando encuentra un sitio seguro donde posarse.

Nina miró alrededor para asegurarse de que nadie la observaba y, entonces, se sonó la nariz con fuerza.

Capítulo 5

Nina también se comió el pan. Se dio asco a sí misma al comprobar que era capaz de engullir hasta la última miga y de apurar aquella manzana, llena de gusanos, hasta las semillas. Tendría que estar consumiéndose por Jason, llorando sin parar como una heroína despreciada de los libros de la tía Zenka. Pero ya no tenía el corazón roto. Ahora estaba furiosa. Y la comida no hizo más que avivar las llamas de esa rabia.

—Fui una Nina Idiota —murmuró para sí—. Me lo merezco.

¿Cómo pudo? ¿Cómo pudo Jason plantarse noche tras noche bajo la luz de la luna, mirándola con esos ojos tan llenos de cariño, y luego hacerle esto? ¿Lo llevaba planeando desde hacía tiempo? ¿Quizá ya pensaba traicionarla hace un mes, la primera vez que le susurró al oído: «¿Por qué no dejamos que los demás vuelvan? Todavía nos quedan unos minutos... para nosotros».

Y entonces le había cogido la mano, le había rozado el cuello con la boca, y a Nina se le habían aflojado las piernas. Incluso ahora era capaz de recordar el tacto de su mano, la presión de sus labios. Había revivido cada beso, cada caricia, tantas veces... Aún podía oírlo en la cabeza, susurrándole:

—Te quiero.

Pero él no la quería. Le había contado a la Policía de Población que ella había hecho algo horrible, y la iban a matar por ello.

Nina escupió una semilla de manzana con tanta fuerza que dio un bote en el suelo.

Había hecho el ridículo más grande con Jason. Podía acordarse de todas aquellas reuniones en el bosque, de cómo se quedaba mirándolo embobada y soltaba tonterías. Flirteando. Recordaba, por ejemplo, una vez que empezó a venir también un chico nuevo, Lee Grant. Jason le estaba contando a Lee lo de la protesta que había organizado Jen Talbot para defender los derechos de los terceros hijos. Y Nina no aportó nada a la conversación, nada, salvo repetir como un eco: «La protesta...». No era capaz de decir nada con sentido porque, en realidad, ni estaba escuchando: solo miraba la luz tenue sobre la cara de Jason, admirándole el perfil, la nariz perfectamente rectilínea.

Idiota.

Y antes incluso, antes del primer beso, coqueteaba de otra manera: dándoselas de mayor y burlándose de los chicos.

—Bueno, ¿y qué esperabas? ¡Es un chico! —había dicho quizá mil veces, con una sonrisita tonta.

Se sentía como si estuviera actuando en uno de los dramones de la tía Zenka. Solo le faltaba un vestido de gala y uno de esos abanicos pequeños y finos para ocultarse la cara cada vez que soltara alguna frase especialmente cursi.

Ridícula. Así era como debió de verla todo el mundo: ridícula.

¿Cómo se le había podido olvidar? Solo era una cría larguirucha de trece años, con dos trenzas finas cayéndole a los lados de la cara. Aunque hubiera llevado aquel vestido de gala y el abanico plegable, lo único que habría conseguido era parecer todavía más tonta.

Con razón Jason la había traicionado. Con razón Sally y Bonner se habían ido apartando de ella en el bosque, poco a poco, como si no quisieran que las vieran a su lado.

A Nina le entraron ganas de volver a llorar, pero no le salieron las lágrimas. Tenía el corazón como una piedra dentro del pecho. Todo a su alrededor era frío, duro e implacable: las paredes de hormigón, el suelo de cemento, los barrotes de hierro de la puerta.

Había creído que podría refugiarse en el recuerdo de que la querían: Jason, sus amigas de Harlow, su abuela y sus tías. Pero lo de Jason era mentira. Sus amigas no la habían defendido. Y su abuela y sus tías quedaban tan lejos —tan atrás— que parecía que hubieran querido a otra niña. A una tal Elodie, una niña que Nina casi ni recordaba.

Se quedó dormida, con los ojos secos y el corazón endurecido: otra presencia inerte en aquella cárcel.

Capítulo 6

—Te propongo un trato —dijo el hombre. Debía de ser otra vez mitad de la noche, pensó Nina, parpadeando atontada mientras intentaba espabilarse. La luz del techo volvía a ser cegadora. Se sentía mareada por la falta de alimento. Dos mendrugos de pan y una manzana pequeña... ¿en cuánto, día y medio? No alcanzaba ni para engañar al hambre.

—Creemos que puedes sernos útil —siguió diciendo el hombre con voz suave.

Extendió el brazo hacia ella. Nina parpadeó un par de veces más hasta conseguir enfocar. Lo que sostenía era tan increíble que parecía una broma: un bocadillo. Y no era pan negro con queso rancio, como los bocadillos de siempre, sino un bollo grande y dorado, bien tierno, del que asomaban tiras rizadas de algo rosa pálido... ¿jamón...?, desbordándose por los lados. Nina solo había visto algo así en la tele, en aquellos canales prohibidos que mostraban cómo era la vida antes de las hambrunas.

—Toma. Come —dijo el hombre, agitando el bocadillo ante sus ojos como si tal cosa.

Nina ya tenía medio bocadillo en la boca antes incluso de darse cuenta de que lo había cogido.

—Ya veo que nadie se molestó en enseñarte modales —dijo el hombre con un gesto de disgusto.

Nina lo ignoró. El bocadillo era una maravilla. El pan era ligero, esponjoso, y escondía una loncha de queso de olor fuerte junto al jamón. Había más sabores también; en la cabeza de Nina se colaron las palabras de un anuncio antiguo: «Lechuga, tomate, pepinillo, cebolla...». No estaba segura de si eso era exactamente lo que estaba comiendo, pero el bocadillo estaba buenísimo, perfecto. Masticó más despacio para poder saborearlo.

—Mucho mejor —dijo el hombre, con un resoplido.

Nina casi había olvidado que estaba allí. El hombre le pasó una botella. El líquido estaba igual de rico: dulce, con un toque a limón. Nina bebió a grandes tragos, sin pensar en nada más que en la sed.

Cuando no quedó ni rastro del bocadillo y la botella estuvo vacía, por fin miró al hombre.

—¿U... un trato? —preguntó, vacilante.

—Legalmente, podríamos haberte ejecutado el mismo día en que te arrestamos —dijo el hombre—. Pero a veces hasta la Policía de Población puede sacar provecho de hacer la vista gorda con ciertos aspectos de la ley.

Nina esperó, clavada en el sitio.

—Oh, no es que vayamos a saltarnos la ley —añadió él—. Dada la importancia de nuestra misión, hay resquicios escritos expresamente para nosotros. Por ejemplo: si tenemos delante a una criminal que todavía puede reconducirse para servir a nuestros fines, ¿qué sentido tiene ejecutarla?

—¿Qué...? —preguntó Nina entre dientes—, ¿qué quiere que haga?

El hombre se encogió de hombros.

—Nada que tú y tu amiguito Jason no estuvierais fingiendo ya.

Las palabras se le escaparon a Nina antes de poder frenarlas:

—¿Jason me ayudaría?

—Jason, por desgracia, no nos resultó tan útil como tú —dijo el hombre, volviendo a encogerse de hombros con aún más indiferencia.

—Entonces él está...

—¿Muerto? Claro —dijo el hombre—. Justicia rápida y eficaz: ese es nuestro lema.

Nina sintió que se resquebrajaba por dentro. Le temblaron los labios.

—Bueno, bueno —dijo el hombre—. No me vengas con ese teatro. Te traicionó, ¿te acuerdas? No dudó ni un segundo en clavarte el puñal por la espalda cuando creyó que así salvaría el pellejo. Aunque, claro, no le valió de nada. Pero supongo que alguien capaz de traicionar a su propio país tampoco tendría el menor problema en traicionar a una simple cría.

Nina intentó no escucharlo, pero era imposible. Jason la había traicionado. Recordó su voz en la cinta, fría y calculadora. Notó cómo le volvía la rabia y, por extraño que fuera, fue un alivio: algo a lo que agarrarse.

—¿Por qué pensó que yo podía ser útil y él no? —preguntó, esforzándose por mantener la voz firme.

—Yo qué sé. A lo mejor no me imagino a una cría con trenzas como una criminal curtida —dijo el hombre, despreocupado—. A lo mejor creo que a los que tienes que engañar les resultará más fácil confiar en una chica. O a lo mejor es que Jason me resultaba antipático.

A Nina le entraron ganas de defender a Jason, de ponerse a gritarle a aquel hombre que ya tenía narices que precisamente él llamara a alguien *antipático*. Pero era imposible. Jason tenía que haber sabido que traicionarla significaba condenarla a muerte. ¿Por qué lo hizo? ¿Y por qué intentó él mismo engañar a la Policía de Población?

Nina no tenía tiempo para enredarse en esas preguntas. El hombre ya estaba hablando otra vez, explicándole lo que quería que hiciera.

—Tenemos a un grupo de ilegales arrestados —dijo—. Niños ocultos con identificaciones falsas...

—Creía que había dicho que eso era imposible. Que los niños ocultos no podían conseguir identificaciones falsas —lo interrumpió Nina.

—Bueno, no unas buenas. No unas que engañen a alguien con autoridad —dijo el hombre—. Por eso los pillamos. No me extrañaría nada que se las hubieran hecho ellos mismos. Pero no sueltan prenda. Y yo tengo la obligación, ante la Policía de Población, de averiguar quién fabricó esos carnés y si hay alguien más metido en esta porquería. Y también tenemos que saber quién ha estado escondiendo a esos niños ilegales todos estos años. Los encontramos en la calle y se niegan a dar nombres o direcciones de sus padres. ¿Ves el problema? Si ejecutamos a los niños de inmediato, los otros criminales —los que los ocultaron, los que les hicieron los carnés— se irán de rositas. Pero si te metemos en la misma celda que a ellos, y consigues que confíen en ti y te cuenten la verdad, entonces tú me lo dices a mí y nosotros nos deshacemos de todos los criminales. Y la sociedad queda protegida. ¿Lo entiendes?

Nina lo entendía, vaya si lo entendía. Por eso temblaba sin control. Hasta las trenzas le vibraban.

—¿Y si me niego? —preguntó. También le temblaba la voz.

El hombre alzó las cejas.

—¿Te atreves siquiera a planteártelo? —bramó—. Si te niegas, te reúnes con tu maravilloso amigo Jason. Mueres.

El bocadillo que hacía unos minutos le había sabido tan bien ahora se le revolvía en el estómago. ¿Cómo iba a aceptar lo que le pedía? Pero, ¿cómo iba a negarse y dejar que la mataran?

Jason la había traicionado. Sus amigas no la habían defendido. En el mundo, cada cual miraba por lo suyo.

—¿Y por qué iba a confiar en mí cualquiera de esos niños ocultos? —preguntó Nina.

—Porque —dijo el hombre— haremos que crean que tú también eres una oculta. Seguro que sabrás interpretarlo.

Ah, sí. Eso lo sé hacer, pensó Nina. *Pero ¿podré vivir conmigo misma si consigo que esos niños confíen en mí... y luego los traiciono?*

El hombre ya se estaba levantando, sacudiéndose las migas del pantalón.

—Entonces, es un trato —dijo, como si la conversación hubiera terminado y Nina ya hubiera aceptado—. Por la mañana te trasladaremos a su celda.

Se dio la vuelta y caminó despacio hacia la puerta.

Le dio la impresión de que pasaron cinco minutos enteros hasta que el hombre sacó la llave, la metió en la cerradura y la giró, y la puerta se abrió de golpe. Nina no paraba de repetirse que tenía que llamarlo, que tenía que decirle: *¡Espere! ¡No lo haré! ¡Prefiero morir antes que trabajar para la Policía de Población! ¡Soy una oculta! ¡Me llamo Elodie y estoy orgullosa de ello...!* Pero la boca no se le abría. La lengua no le obedecía.

Cuando quiso darse cuenta, el hombre ya había salido. Accionó un interruptor y la celda de Nina volvió a quedar a oscuras. Oyó sus pasos alejándose por el pasillo, un sonido solitario en aquella prisión desolada.

Ahora pertenezco a este sitio, pensó Nina. *Soy una traidora. Soy mala.*

Capítulo 7

Por la mañana, Nina no dejaba de pensar en un cuento. Pero esta vez no era uno de princesas guapísimas que se enamoran de príncipes apuestos. Era *El enano saltarín*.

Soy como la hija del molinero, se dijo. *El rey le soltó que tenía que convertir paja en oro o morir. Con esa elección, claro que ella no se plantó a decir: «¡Uy, lo siento, no puedo. Mátame». Yo tampoco voy a decir eso.* Pero a la hija del molinero no le pedían que hiciera daño a nadie. Le exigían algo imposible, sí, pero no algo malo.

Lo que Nina iba a hacer era, sin duda, malo.

A lo mejor esos otros chicos son horribles, unos cabrones, y me resulta más fácil traicionarlos, pensó. *A lo mejor se lo merecen.*

Pero no consiguió creérselo.

Nina seguía despierta, sentada a oscuras, cuando oyó el chirrido de la puerta al abrirse. Un guardia se acercó y tiró de su brazo.

—Venga, en marcha —gruñó.

—¡Las esposas... estoy encadenada! —protestó Nina—. ¡Estoy encadenada a la pared!

El guardia soltó una maldición y le dio una patada en el estómago. Nina se dobló del dolor. ¿Así trataba la Policía de Población a la gente que trabajaba para ellos?

El guardia salió de la celda a zancadas y volvió unos instantes después con una llave. Soltó la cadena de la pared y luego tiró de Nina para ponerla en pie. Nina llevaba dos días sin levantarse. Notó las piernas agarrotadas y flojas a la vez, incapaces de sostenerla.

—¡Vamos! —ordenó el guardia, tirándole del brazo.

Nina fue detrás dando traspiés. Bajaron escaleras y recorrieron pasillos interminables, pasando junto a decenas de puertas con barrotes. Nina quiso asomarse a alguna, pero estaba demasiado oscuro y el guardia avanzaba deprisa. Bajaron un último tramo de escaleras y el aire se volvió más húmedo, pegajoso. Nina tropezó y cayó; al apoyar la rodilla desnuda notó agua estancada antes de poder incorporarse. Pasó los dedos por el muro de piedra: también estaba húmedo.

Estaban en el sótano. Quizá incluso en una cueva.

Llegaron a otra puerta —esta de madera maciza— y el guardia le apretó el brazo con más fuerza. Con la mano libre abrió la cerradura y le dio un empujón hacia el interior.

—¡Y como des más problemas, será peor! —le gritó al soltarla.

Nina salió despedida y cayó hecha un ovillo. La puerta se cerró de golpe a su espalda.

—¿Hola? —llamó Nina, con cautela.

Entrecerró los ojos mirando hacia la oscuridad, pero no distinguía nada. Podía tener la pared a un palmo de la cara... o a kilómetros.

—¿Hola? —volvió a llamar—. ¿Hay alguien?

A su derecha oyó que algo se movía. Nina pensó que a lo mejor solo eran ratas, o ratones, y que aquello era una crueldad más. Pero al instante una cerilla chisporroteó en la oscuridad y alguien susurró:

—No, ya lo tengo...

Y luego se encendió una vela. A aquella luz tenue, Nina distinguió dos... no, tres... caras. Esos eran los niños a los que se suponía que iba a traicionar. Horrorizada, soltó:

—¿Alguno de vosotros tiene más de cinco años?

Capítulo 8

Las tres caras la miraban con resentimiento. Nina no había visto en su vida unos niños tan sucios y harapientos. Después de dos días en la cárcel —con el vestido rasgado y manchado de sangre, la cara marcada por lágrimas y mugre, sin las gomas de las trenzas—, sabía que ella tampoco estaba precisamente para presumir. Pero esos críos parecían... y, ahora que se fijaba, olían... como si hubieran nacido en uno de los adorados vertederos de la tía Lystra. Tenían la suciedad pegada a las mejillas. Les chorreaba no se sabía qué manchas por la ropa remendada y holgada. El pelo, apelmazado, les caía en mechones desordenados sobre los ojos. Era imposible distinguir si eran niños o niñas. Nina casi no se habría sorprendido si resultaba que no eran ni una cosa ni la otra, sino algún tipo de animal raro con forma humana del que nunca había oído hablar.

Entonces empezaron a hablar.

—Somos mayores —dijo el de en medio—. Solo que aparentamos menos edad.

El más pequeño asintió con vehemencia.

—Matthew tiene diez, Percy nueve y yo seis.

—¿Y tú cómo te llamas? —preguntó Nina suavemente.

—Alia —respondió la niña.

Alia. Así que la más pequeña era una niña. *¿Cómo voy a traicionar a una cría?*, se preguntó Nina. Cuando ella tenía seis años, sus tías se turnaban para sentarla en el regazo y enseñarle a leer. La abuela se encargaba de las matemáticas, y la tía Rhoda le enseñaba a deletrear. Nina aún podía recordar lo que se sentía al acurrucarse tan a gusto en el regazo de su tía, en el sillón grande, con un libro apoyado sobre las rodillas. Por mucho frío que hiciera en el piso, cuando Nina tenía seis años siempre se sentía calentita.

Y aquella niña de seis años estaba hecha un ovillo en una celda húmeda, esperando a que la mataran.

—Si no te importa —dijo el mayor, ¿Matthew?—, creo que vamos a apagar la vela. Solo tenemos esta, pero queríamos verte bien la cara.

—Sí, claro —dijo Nina, aunque en realidad se moría por tener luz. Dos días a oscuras habían sido demasiado.

—¡Me toca! —dijo Alia, encantada. Se inclinó y sopló.

La llama se apagó. Nina habría dado lo que fuera por verla encenderse otra vez.

Pero en la oscuridad es más fácil engañarlos. No podrán leerme la cara cuando mienta.

¿Iba a mentirles? No lo sabía. No podía decidirse.

—Bueno. ¿Y tú quién eres? —preguntó en la oscuridad una voz desconocida, ¿la de Percy?

Nina se quedó en blanco. ¿Qué nombre debía decir? ¿Qué nombres le habían dicho a ella... los verdaderos o los falsos?

Le costaba imaginar a alguien poniendo *Percy* a su hijo. Así que seguramente seguían fingiendo ser las personas que decían sus identificaciones falsas.

—Podéis llamarme Nina —dijo con cautela—. Pero mi nombre de verdad es...

—¡No! ¡No lo digas! —exclamó Alia.

—Creemos que pueden estar escuchando —explicó Matthew en un susurro.

—¿Y qué? —dijo Nina, a lo loco—. Nos van a matar igual.

De alguna manera, Nina notó el silencio atónito al otro lado de la habitación. Incluso a oscuras se imaginó las tres caras mugrientas, con la boca abierta del espanto.

—No, no lo van a hacer —dijo Alia—. Van a descubrir que somos inocentes y entonces nos soltarán.

A Alia le temblaba la voz de esperanza: tranquila, segura de sí misma. ¿De verdad se creía lo que decía? ¿Era así de ingenua? Por la forma en que se habían apiñado los tres mientras la vela permaneció encendida, Nina supo que Matthew y Percy cuidaban de Alia. Quizá los dos, para no tener que cargar con una niña de seis años llorando y fuera de control, le habían llenado la cabeza de mentiras:

«No pasa nada. No nos van a hacer daño. Pronto saldremos de aquí».

¿O era Alia la que estaba actuando por si la Policía de Población escuchaba? Tal vez uno de los chicos le había dicho: «Tú haz como si estuvieras segura de que somos inocentes, y a lo mejor se lo creen». Pero ¿podía una cría de seis años actuar tan bien?

Y, además, ¿cómo podían pensar que la Policía de Población estaba escuchando? (O más bien saberlo... porque si Nina se lo contaba todo a la Policía de Población, era como si escucharan a través de sus oídos).

Nina se frotó la frente. Estaba hecha un lío. ¿Cómo iba a conseguir ahora que esos críos confiaran en ella y le contaran sus secretos? ¿Y de verdad quería que se los contaran?

Podría enterarme de todo y no decírselo a la Policía de Población, pensó.

—¿Cuánto tiempo lleváis aquí? —preguntó, intentando que le saliera una voz despreocupada, como si le diera igual y solo estuviera matando el tiempo.

Nadie respondió al instante. Nina pensó que quizá estaban susurrando entre ellos al otro lado de la habitación. Luego habló Percy.

—No lo sabemos. Aquí abajo es difícil distinguir el día de la noche.

—Solo nos han traído comida tres veces —añadió Alia, solícita.

—¿Cómo os detuvieron? —preguntó Nina.

Otra vez pasó un rato antes de que contestaran. Nina deseó con todas sus fuerzas poder verles la cara.

—Estábamos haciendo cola para comprar col. Los tres —dijo al fin Matthew—. La Policía de Población pasó por el mercado pidiendo identificaciones. Dijeron que las nuestras eran falsas y nos arrestaron...

—¡Pero no son falsas! —saltó Alia—. ¡Son de verdad, y la Policía de Población debería saberlo! ¿Me oís?

Alia no se lo gritaba a Nina, sino a la puerta. Sus palabras retumbaron tan alto que a Nina le costó oír a los dos chicos intentando callarla.

Nina decidió fingir que no se había dado cuenta.

—¿Y por qué no han venido vuestros padres a sacaros de aquí? —preguntó.

—No tenemos padres —dijo Alia.

Nina se fijó en cómo lo había dicho. No era «nuestros padres han muerto», ni «vivimos con nuestros abuelos», ni «vendrá nuestra tía a por nosotros».

—¿Y quién cuida de vosotros? —preguntó Nina, con cautela.

—Nos cuidamos nosotros —saltó Alia, a la defensiva.

Y esta vez Nina estaba segura de que los chicos le estaban susurrando algo a Alia, diciéndole que no soltara nada más. Se le hizo un nudo miserable en la garganta.

Por mugrientos que estuvieran, al menos esos tres se tenían los unos a los otros. Nina también quería a alguien con quien acurrucarse. *Si Jason estuviera aquí...*

No, Jason no. Ahora estaba muerto y, además, la había traicionado. ¿Cómo podía olvidarlo? Recordar sus abrazos le daba repelús; pensar en sus besos le hacía desear haberle dado un puñetazo en la nariz en vez de devolvérselos. ¿Por qué no lo había puesto contra las cuerdas? «Tú siempre dices que tendríamos que hacer algo por los derechos de los terceros hijos, algo como la famosa protesta de Jen Talbot. Pues, ¿por qué no lo hacemos?». Habría dejado al descubierto que era un farsante, allí mismo. Podría haber sido una heroína, como Jen.

En cambio, estaba a punto de convertirse en una traidora.

Capítulo 9

Nina se hundió en un sueño miserable, porque era la única forma de escapar. Que los otros tres cuchichearan todo lo que quisieran.

Se despertó cuando el haz de una linterna recorrió la celda y le dio de lleno: alguien alumbraba desde la puerta abierta.

—Nina Idi —llamó una voz aburrida.

Nina se puso en pie a trompicones. Miró alrededor y vio que los otros tres también se habían quedado dormidos, todos amontonados en una sola pila enorme. Alia estaba hecha un ovillo en el regazo de Matthew; la cabeza de Matthew descansaba en el hombro de Percy. La luz no parecía despertarlos. Alia se giró, de modo que su cara quedó apoyada contra la pierna de Matthew en vez de en su brazo. Pero siguió con los ojos cerrados.

Nina entrecerró los ojos para mirar hacia la luz. La persona que la sostenía la bajó apuntando al suelo, y Nina pudo ver mejor sin el resplandor directo en la cara. Detrás de la linterna había un guardia medio escondido entre sombras.

—Venga, vamos —dijo, irritado.

Nina pensó que quizá era el mismo guardia de antes, pero era difícil saberlo. Quizá todos los guardias se parecían y sonaban igual, tan sombríos con esos uniformes oscuros. Nina dio un paso hacia la puerta, con las cadenas repiqueteando contra el suelo de piedra. Cuando se volvió, los otros tres críos ya estaban bien despiertos.

La visión de esos ojos redondos, aterrados, le encogía el pecho.

—Te requieren para un interrogatorio —dijo el guardia.

Nina dio otro paso y vio cómo los críos se cruzaban miradas. *En cuanto me vaya,* pensó con amargura, *Matthew va a decirle a Alia: «¿Ves? Por eso no podemos contarle nada. No es de fiar».*

A Nina le habría gustado que al menos uno de ellos le deseara *suerte* con los labios o le dedicara una mirada de compasión. Pero permanecieron inmóviles y en silencio, como estatuas.

El guardia agarró a Nina del brazo y tiró de ella para sacarla por la puerta. Pero en cuanto cerraron y avanzaron un poco por el pasillo, se agachó y le quitó los grilletes de los tobillos. Cuando se incorporó, también le retiró las esposas de las muñecas.

—¿Me va a dejar libre? —preguntó Nina, incrédula.

El hombre resopló.

—¿Tú estás loca o qué?

Aun así, la dejó caminar por su propio pie, a su lado, el resto del pasillo y escaleras arriba. Al llegar arriba giró a la izquierda y abrió una puerta metálica con una llave. Al otro lado había moqueta, luz suave y paredes color crema. Parecía un universo distinto al resto de la prisión. Parecía un universo distinto a cualquier lugar en el que Nina hubiera estado jamás.

El internado Harlow para Chicas era bonito, sobre todo comparado con el piso de su abuela, pero aun así había grietas en el yeso, marcas en el suelo de baldosa. Allí Nina no veía ni una sola hebra de moqueta que no estuviera perfecto.

El guardia debió de darse cuenta de cómo se le iban los ojos, porque volvió a resoplar.

—Alojamientos para oficiales —explicó—. Para la cúpula, solo lo mejor.

La condujo hasta una sala con una mesa larga de madera, tallada con una filigrana preciosa: racimos de uvas, manzanas y otros dibujos que Nina ni siquiera supo reconocer. Nina se sentó en una silla de esas que ella se habría imaginado para un presidente.

—Tu interrogador estará aquí enseguida —dijo el guardia, y se marchó.

Nina siguió mirando a su alrededor, boquiabierta, parpadeando de puro asombro. De cada pared colgaban retratos en marcos dorados, elegantes. Y al fondo de la sala, dos ventanas devolvían la mirada a Nina como si fueran ojos gigantes.

Nina no sabía gran cosa sobre ventanas. En Harlow no había, por alguna razón extraña. Y en el piso con su abuela y sus tías tenían que mantener siempre las persianas bajadas, por miedo a que alguien de fuera alcanzara a ver a Nina y la denunciara a la Policía de Población.

—No nos perdemos nada, créeme —le había asegurado una vez la tía Zenka—. Esas ventanas dan a un callejón y a un contenedor de basura. En el fondo hasta nos han hecho un favor. Mucho mejor mirar las persianas e imaginar que, justo al otro lado, hay paisajes preciosos: ríos caudalosos, montañas majestuosas, jardines de rosas e interminables bosques... Eso es lo que prefiero pensar que hay ahí fuera.

Pero, ahora, que la vieran no suponía ya ningún peligro para ella. La Policía de Población ya la había atrapado. No podía pasarle nada peor. Impulsada por una osadía repentina, se puso en pie y se acercó a una de las ventanas. Al otro lado, unas ramas se enredaban junto al cristal. Era pleno día, una claridad intensa: algo que Nina nunca había visto de verdad, porque el día que viajó a Harlow llovía y el día que se marchó también.

El cielo era de un azul profundo y precioso que le produjo un dolor en el pecho. Arriba, muy alto, pasaban nubes blancas y finas como plumas. Y más allá de la hilera de arbustos se extendía una ladera de hierba que bajaba hasta un lago y, justo en el borde del horizonte, un bosquecillo.

Era un paisaje digno de la imaginación de la tía Zenka.

—¿Disfrutando de las vistas? —dijo una voz a sus espaldas.

Nina dio un respingo y se giró: era el hombre cruel. Se apartó de la ventana.

Pero el hombre no parecía molesto. Avanzó un paso y miró también hacia fuera.

—No es exactamente lo que uno esperaría junto a una prisión, ¿verdad? —comentó pensativo.

Nina no sabía si le estaba hablando a ella o se hablaba a sí mismo.

—Uno se imaginaría que, tratándose de una cárcel, habría vallas altas, mucho alambre de espino, guardias patrullando con armas... Y lo hay, ahí atrás, donde están los presos. Pero en esta zona... bueno, a los oficiales nos gusta ver algo bonito de vez en cuando. Gran parte de nuestro trabajo es... brutal y feo. ¿Entiendes?

Nina no sabía si se suponía que tenía que responder. Al cabo de un momento, el hombre cruel se apartó de la ventana.

—Gracias —dijo por encima del hombro. Se volvió hacia Nina—. ¿Cenamos? —le preguntó.

Nina vio que, mientras estaba absorta mirando por la ventana, el guardia había dejado en silencio una bandeja sobre la mesa: una bandeja con un festín. Pollo asado, fuentes de patatas y guisantes, una cesta de panecillos ligeros y esponjosos...

El hombre le apartó una silla. De pronto, Nina se acordó de lo mugrienta que debía de estar: ni de lejos tenía el aspecto de alguien a quien le apartaran una silla. Incómoda, se echó el pelo hacia un lado para despejarse los ojos.

—Bueno, bueno —dijo el hombre—. Estoy seguro de que te mueres por una ducha larga, pero necesitamos que sigas en tu papel.

Nina se sentó. Como si estuviera soñando, alargó la mano hacia un panecillo, comió el pollo que el hombre le sirvió en el plato, se llevó cucharadas de guisantes a la boca y se tragó la leche, densa y cremosa. Se oyó decir:

—Esta... es la mejor comida que he probado en mi vida.

—Bueno, tiene sus ventajas ayudar a la Policía de Población —respondió el hombre con una risita.

Nina dejó de comer.

—¿Llena? —preguntó el hombre.

—Eh... más o menos —dijo Nina, aunque no era verdad. Podría haberse zampado otra ración enorme de todo.

—Un momento —dijo el hombre.

Se levantó y caminó hacia la puerta; parecía estar hablando con el guardia sobre algo. Nina se quedó mirando la cesta de panecillos que tenía delante. La imagen de la cara delgada y hambrienta de Alia se le apareció, flotando ante los ojos. Recordó a Alia diciendo, valiente:

«Solo nos han traído comida tres veces».

El hombre no la miraba. ¿Qué daño haría si Nina cogía un panecillo para Alia? Podía coger tres, incluso, uno para cada crío, y esconderlos en la manga del vestido. Nadie se enteraría.

Nina recordó cómo la habían mirado los tres críos cuando el guardia fue a buscarla. Recordó que no le habían dicho ni una sola palabra de consuelo o de ánimo. No alargó la mano hacia ningún panecillo. Unos momentos después entró el guardia y se llevó toda la comida. El hombre cruel se acomodó en la silla frente a Nina. Se recostó y puso los pies sobre la mesa.

—Bueno —dijo, con toda la calma—. Me han dicho que no es que estés precisamente haciendo amigos. Apostaría a que no tienes ni una sola cosa que contarme.

—¡Nos ha estado escuchando! —acusó Nina.

El hombre resopló, divertido.

—Venga ya. Qué paranoica eres. Claro que no os hemos estado escuchando. Para eso estás tú ahí dentro. Yo solo interpreto el lenguaje corporal. Mack... así se llama el guardia; no os presenté como es debido, ¿verdad?, Mack me dice que, cuando fue a por ti, tú estabas durmiendo en un lado de la celda y los otros tres estaban apiñados juntos lo más lejos posible de ti. No suena precisamente a que estéis haciendo buenas migas.

—Ellos ya eran amigos —protestó Nina—. Se conocían de antes de que los detuvieran. Yo para ellos soy una desconocida.

—Pues deja de serlo —dijo el hombre—. ¿O es que no quieres vivir?

Nina tragó saliva.

—Tienen hambre, frío y están muertos de miedo. No les apetece hablar —dijo Nina. Hasta a ella misma le sonó a rabieta de cría—. Y además se creen que los están escuchando. No hablan de... ciertas cosas porque piensan que la Policía de Población lo oye todo. ¡Es imposible!

El hombre chasqueó la lengua, con gesto de desaprobación.

—Creía que eras más lista —dijo, negando con la cabeza—. Tienes que conseguir que hablen. Ahora trabajas para la Policía de Población. ¡Compórtate como tal!

Capítulo 10

Nina volvió a su celda dando traspiés y encontró a los otros tres apiñados alrededor de una vela encendida.

—Alia estaba asustada —explicó Matthew—. Pensó que a lo mejor te habían... ya sabes.

Nina miró por encima del hombro, temiendo que el guardia viera la vela y se la quitara. Pero ya estaba dando un portazo y echando la llave. Ni siquiera se asomó a la celda.

—¿Estabais... preocupados por mí? —preguntó Nina.

Matthew se encogió de hombros, pero Alia asintió con la cabeza; tenía los ojos enormes y serios en aquella cara demacrada. De pronto Nina se sintió fatal por no haber sisado ni un solo panecillo para los otros críos.

—¿Qué querían? —preguntó Percy.

—Solo hicieron unas preguntas.

—A nosotros también nos las hicieron cuando llegamos —dijo Alia—. Nos sacaban de uno en uno. Pero ninguno dijo nada... peligroso. Sa... o sea, teníamos claro lo que teníamos que decir.

Nina captó ese tropezón, aquel «Sa...» y, como la vela seguía encendida, vio a Matthew clavarle el codo en el costado a Alia. ¿Para avisarla? ¿Para callarla?

¿Qué había estado a punto de decir? «Sa...». ¿Era el comienzo del nombre de alguien?

Nina se esforzó por no dejar que los otros notaran lo mucho que le intrigaba aquella sílaba, ese «Sa...».

—¿Y cómo sabíais qué decir y qué no? —preguntó, procurando que sonara como si solo quisiera evitarse problemas ella también—. ¿Alguien os lo dijo?

—Bah, es que lo sabíamos —dijo Alia—. Somos bastante listos. Mira, por ejemplo: si eres un niño oculto, disimulas. Si eres un niño oculto, estás a salvo siempre que no le digas jamás a la Policía de Población tu nombre de verdad.

—Claro —dijo Nina—. Si yo fuera una niña oculta y tuviera un carné falso, desde luego no iría diciéndole a nadie mi nombre real. Bueno... aparte de mi familia.

Pero ella sí lo había hecho. Recordaba una noche en que Jason la había besado bajo los árboles. Le había susurrado al oído:

«Eres preciosa, y ni siquiera sé quién eres de verdad...».

Y a Nina se le escaparon las palabras:

—Elodie... Me llamo Elodie...

Fue su regalo para él.

Y mira lo que había hecho él con eso.

—¿Les contaste algo sobre nosotros a la Policía de Población? —preguntó Percy.

La pregunta devolvió a Nina al presente, a la celda fría y húmeda, a las seis miradas clavadas en ella y a la elección horrible que iba a tener que hacer.

—Solo que aquí abajo tenéis hambre y frío —dijo Nina.

Ni siquiera era mentira.

—Y le dije al hombre que hacía las preguntas que vosotros creéis que están escuchando todo lo que decimos aquí abajo. Se rio y dijo que eso era una tontería.

—¿Por qué dijiste eso? —preguntó Matthew, furioso—. Si saben que nosotros lo sabemos, ahora ya no podemos decir nada para engañarlos.

Nina se estaba liando, pero creyó entender lo que quería decir.

—Bueno, hasta ahora no os ha servido de nada, ¿no? —replicó—. Seguís aquí abajo, sin que os dejen salir, sin que os den comida, ¡y ni siquiera os han dado jabón para lavaros la cara!

—Tampoco nos han matado —dijo Alia en voz baja.

Nina se quedó mirando a la pequeña. *Cuando yo tenía seis años, no se me habría ocurrido decir algo así,* pensó. *Yo todavía era un bebé: jugaba con muñecas y me ponía la ropa vieja de las tías, fingiendo que era una princesa. Y tenía a cuatro ancianas tratándome como a una princesa.*

—Lo siento —dijo Nina—. No pretendía nada malo.

Pero había dejado que el hombre cruel creyera que iba a espiar para él. Se había comido su comida, y eso era como... como aceptar dinero manchado de sangre, o algo así. No se había negado a nada. No le había gritado, ni montado un escándalo, ni le había dicho que la Policía de Población estaba equivocada. No había exigido que liberara a Matthew, a Percy y a Alia... y a ella misma.

Nina bajó la cabeza, demasiado avergonzada para mirar a los otros.

Un ruido a sus espaldas la libró de tener que decir nada más.

—¡Comida! —exclamó Alia, entusiasmada.

El guardia estaba abriendo la puerta. Lanzó dentro un bulto oscuro, cerró y se alejó.

Alia llegó la primera. Lo agarró y se lo llevó a los chicos. Matthew sostuvo la vela para que pudieran ver.

—¡Uy, Nina, mira! —exclamó Alia—. Hay una, dos, tres, cuatro, cinco... ocho rebanadas de pan. ¡Nunca habían traído más de seis!

—Ahora somos uno más, tontina —dijo Percy—.
Seguimos tocando a dos por cabeza.

—Ah... —dijo Alia.

Nina se acercó a los otros, con la sensación de haber
cruzado una línea invisible. Se agachó con ellos y asomó
la cabeza hacia la bolsa. Dentro había el mismo pan negro, duro, que le habían dado en su primera comida en
la prisión. Ni rastro de mantequilla ni de manzanas para
acompañarlo. Después del festín con el hombre cruel,
no podía fingir que le apetecía aquel pan.

—¿Sabéis qué? —dijo, forzando un tono despreocupado—. No tengo mucha hambre. ¿Por qué no os
quedáis también con mis rebanadas?

Los tres la miraron.

—¿Seguro? —preguntó Alia—. No creo que nos
den de comer todos los días.

—No pasa nada. Tú cógelo —dijo Nina.

No hizo falta que lo repitiera. En cuestión de segundos, los tres críos se habían zampado todo el pan.
Aun así, Nina se fijó en que Matthew repartía la parte
de Nina de una manera extraña: Alia se quedó con una
rebanada entera, y Matthew y Percy se partieron la otra
entre los dos. A Nina le dolía el estómago, lleno, viendo
con qué avidez comían los demás.

Cuando terminaron, se pusieron a buscar migas
caídas y también se las comieron. Nina se quedó cerca,
fingiendo que buscaba migas ella también. Luego se re-
costaron, satisfechos por fin. Nina se sentó al lado de
Alia, y Alia se inclinó y la abrazó con fuerza.

—Gracias, Nina. Espero que luego no te entre hambre. Creo que esa ha sido la mejor comida que he comido en mi vida.

Nina podría haberle llevado a Alia panecillos recién hechos, esponjosos, preciosos... pero no lo hizo. En vez de eso, dejó que la cría se comiera aquel pan negro viejo, mohoso, casi incomible, solo porque ella estaba demasiado llena del banquete de la Policía de Población como para fingir que le apetecía. Y ahora Alia le daba las gracias.

Se sintió todavía más culpable.

Capítulo 11

Pasaron los días. Nina no tenía ni idea de cuántos, porque allí nada ocurría con regularidad. A veces el guardia traía comida; a veces sacaba a alguno de ellos para interrogarlo. A veces Matthew decidía que podían encender la vela unos minutos... pero solo por Alia, solo cuando él pensaba que ella lo necesitaba.

Nadie sabía cuándo tocaría ninguna de esas cosas. Por lo demás, solo podían medir el tiempo en aquella cueva-prisión por cuántas veces les entraba sueño, sed o ganas de ir al baño.

Y ninguna de esas necesidades era fácil de satisfacer.

Su *baño* era solo un rincón de la cueva que todos evitaban cuanto podían. Apestaba que echaba para atrás.

No tenían nada para dormir: ni una almohada, ni una manta. Dormir sobre la roca mojada dejaba a Nina con el cuerpo mojado y entumecido, y se sentía todavía más cansada.

Y cuando tenían sed, tenían que ir a la parte más húmeda de la cueva y lamer la pared. El guardia nunca les traía agua. A Matthew se le ocurrió guardar una de las bolsas de tela en las que les habían llevado la comida para empapar la mayor cantidad de agua posible. (Le dijo al guardia que se les había caído en el rincón del *baño*. «No va a entrar a comprobarlo», susurró, casi sin voz. Y tenía razón). Matthew colocó la bolsa al pie de la pared húmeda, donde el agua goteaba sin parar. Cuando la bolsa estuvo empapada, exprimió con cuidado el agua del trapo directamente en la boca de Alia, luego en la de Percy y después dejó caer unas pocas gotas, preciosas, en la de Nina. Nina se atragantó y lo escupió.

—¡Puaj! —exclamó.

—¿Qué? —preguntó Alia.

—Sabe fatal —se quejó Nina.

El agua ya era bastante desagradable si la lamías directamente de la pared: tenía gusto a piedra y a azufre y, de fondo, a algún químico que Nina no sabía identificar. Pero la que salía de la bolsa sabía a piedra y a pan mohoso y a tela vieja, podrida y sucia. Quizá incluso a vómito de otra persona.

—Es agua —dijo Matthew—. Nos mantiene con vida.

Nina no dijo nada más. Pero a partir de entonces volvió a beber directamente de la pared, gota a gota, y dejó que los otros exprimieran toda el agua de la bolsa para ellos.

Nina sospechaba que los otros tres habían tenido una vida mucho más dura que la suya antes de caer en manos de la Policía de Población. No parecía molestarles la oscuridad como a ella; tampoco les afectaba tanto la falta de comida. No se quejaban del hedor del rincón del *baño*. (Bueno, ellos mismos olían fatal. Nina también).

Nina procuraba, siempre que podía, sentarse pegada a los otros críos: por el calor de los cuerpos, para evitar que el guardia volviera a chivarse de ella... y quizá, también, para enterarse de algo. Pero varias veces despertó de un sueño profundo y descubrió que se habían cambiado al otro lado de la celda y estaban susurrando entre ellos.

—Ahí corría el aire —decía Alia—. Nos entró frío, pero tú parecías tan a gusto... No queríamos despertarte.

Sonaba de lo más inocente. A lo mejor lo era. Pero aun así a Nina la sacaba de quicio.

Los traicionaré, pensaba. *Así aprenderán. Y me dará igual.*

Entonces era cuando soltaba algún lamento tipo:

—Ay, echo tanto de menos a mi familia... ¿Vosotros a quién echáis de menos?

Ni siquiera Alia respondía a ese tipo de preguntas.

Y más tarde, delante del hombre cruel, Nina agradecía el silencio de los otros. Porque, con aquellos ojos azules penetrantes clavados en ella, sabía que no sería capaz de guardar ningún secreto. Sentía que él ya sabía que en realidad era una paria. Sentía que, si le preguntaba, se vería obligada a decirle su nombre completo y la dirección de su abuela. Lo quisiera o no, describiría a cada una de sus tías hasta el último pelo gris, y daría su rango en la administración y el departamento en el que trabajaban.

Por suerte, nunca le preguntó quién la había escondido.

Solo preguntaba por Alia, por Percy, por Matthew.

—Deme más tiempo —le suplicaba Nina—. Todavía no los conozco.

(Aunque, en secreto, Nina pensaba que podría pasarse siglos con ellos en aquella cueva-prisión y seguir sin saber nada. Percy era como una roca: duro, inamovible, reacio a revelar nada. Matthew no era mucho más expresivo. Incluso Alia, que parecía la grieta en el trío, se iba cerrando: cada vez más callada: educada y punto).

—¿Tiempo? ¡Llevas ahí dentro días! —bramó el hombre cruel en uno de aquellos interrogatorios a mitad de la noche—. ¿Cuánto se tarda en decir: «Mis padres se llaman tal y cual. Dime cómo se llaman los tuyos, anda»?

Durante un instante aterrador, Nina creyó que de verdad le estaba preguntando por los nombres de sus padres. Sin quererlo, los labios se le juntaron para formar la primera sílaba del nombre de su madre. *Rita. Mi madre se llama Rita. Mi padre se llama Lou. Mi abuela se llama Ethel. Y yo soy...*

Nina apretó los dientes con fuerza, atrapando todas esas palabras dentro de la boca.

El hombre cruel no pareció darse cuenta. Estaba paseándose de un lado a otro, de espaldas a ella. Siguió despotricando.

—Hasta con los nombres de pila me valdría. Aunque fueran iniciales. Tienes que darme algo.

No le estaba preguntando por los nombres de sus padres. Solo le estaba diciendo qué pregunta tenía que hacerles a los otros. El corazón le martilleaba, desbocado, y apenas podía pensar.

¿Y si... y si no le importan los nombres de mis padres porque ya los sabe? ¿Y si ya sabe lo de la abuela y las tías? ¿Por eso nunca pregunta?

Desesperada, Nina intentó recordar si alguna vez le había contado a Jason una sola palabra sobre su familia. No lo había hecho, ¿verdad? Cuando hablaba con Jason quería parecer exótica y deseable. Una abuela y un puñado de tías solteronas no encajaban precisamente en esa imagen.

El hombre cruel dejó de pasearse. Se dio la vuelta en seco y le plantó la cara a un palmo a Nina. Ojos con ojos, nariz con nariz.

—Con la Policía de Población no se juega, niña —dijo—. Así es como muere la gente.

Nina se estremeció.

El hombre salió hecho una furia y dio un portazo.

Nina se quedó sola, aterrada, en aquella lujosa sala de interrogatorios. La mesa que tenía frente a ella estaba repleta de cuencos con comida. Durante la conversación había estado comiendo con avidez. Quizá porque era de madrugada, y no mediodía, lo que habían traído eran cosas para picar, no una comida de verdad: casi todo eran cosas que Nina no había probado nunca: palomitas, cacahuetes salados sin pelar, galletitas de queso de color naranja, pasas en cajitas diminutas.

Nina seguía muerta de hambre —siempre estaba muerta de hambre; no recordaba ni una sola vez en toda su vida en la que hubiera tenido el estómago completamente lleno—. Pero no era capaz de ingerir otro bocado, con la amenaza del hombre cruel retumbándole en la cabeza. Aun así, se vio alargando la mano hacia el cuenco de cacahuetes.

Vio cómo sus propias manos levantaban el cuenco y volcaban el contenido por el escote del vestido, formando una especie de bolsa en el corpiño. Se apretó el cinturón para sujetarlos a la altura de la cintura. Apenas había terminado cuando el guardia abrió la puerta.

—Me han dicho que ha acabado contigo antes de tiempo —gruñó—. Vuelta a la celda.

Nina se levantó despacio. No se le cayó ni un cacahuete. Se cruzó de brazos y se los apretó contra la barriga para mantener el cinturón en su sitio. Dio un paso... y otro... y no pasó nada. Las cáscaras le hacían cosquillas, pero a Nina le daba igual.

¡Estoy robándole comida a la Policía de Población!, pensó. *¡Y me está saliendo bien!*

De camino de vuelta a su celda, Nina no se sentía como una chica que había estado a punto de traicionar a sus padres, con su querida abuela y sus tías quizá en peligro. No se sentía como una cría ilegal, sin derecho a vivir. No se sentía como una adolescente tonta y enamoradiza a la que el chico del que se había prendado había traicionado. No se sentía como una posible traidora a los suyos.

Se sentía eufórica y esperanzada, astuta y capaz. Todo por el crujido de las cáscaras de cacahuete bajo el vestido.

Capítulo 12

Nina siguió robando comida.

Inevitablemente, en cada encuentro con el hombre cruel llegaba un momento en que él salía de la sala unos instantes: para hablar con el guardia, para ir al baño, para buscar un bolígrafo nuevo. Y entonces Nina cogía lo que tuviera más a mano y se lo metía por dentro del vestido, en los calcetines, donde pudiera. Se llevaba manzanas, naranjas, galletas, pasas. Se llevaba plátano seco, nueces con cáscara, cajitas de cereales, barritas de avena todavía envueltas.

Robó otra de las bolsas de tela en las que el guardia les traía el pan negro y se la ató bajo el vestido, para poder sisar aún más comida cada vez.

El problema era que no sabía qué hacer con todo aquello.

Tenía hambre. Podría habérselo comido todo ella sola sin esfuerzo. Pero en cuanto volvía a la celda con los otros tres, se le encogía el estómago solo de pensar en comer aunque fuera una miga de lo robado. ¿Y si la oían masticar? ¿Cómo iba a comerse esas delicadezas mientras ellos se morían de hambre, allí mismo, a su lado? (¿Cómo iba a comerse nada de la Policía de Población si los otros tres se estaban muriendo de hambre?).

Sí que pensó en compartir. Probablemente por eso había alargado la mano hacia el cuenco de cacahuetes la primera vez: se sentía tan culpable por no haber cogido los panecillos para Alia... Pero ¿cómo iba a explicar de dónde sacaba toda aquella comida?

Una noche, cuando el guardia la metió a empujones en la celda y Nina vio a los otros tres acurrucados, le asaltó una idea mezquina. Nina se sentó a su lado y se arrimó a Alia, pero esta, medio dormida, se escurrió, buscando a Matthew. El suelo estaba húmedo y duro, y Nina se estaba helando. Todo parecía perdido; a Nina le daba igual lo que les pasara a los demás con tal de entrar en calor, con tal de tener ropa seca, con tal de salir de la cárcel.

Podría usar la comida, pensó. *Como un soborno. Podría decirles que pueden comer lo que quieran, siempre y cuando me cuenten sus secretos. No... se lo dosificaría: un cacahuete cada vez, una pasa cada vez, por cada respuesta. ¿Quién es «Sa...»? ¿De dónde sacasteis los carnés? ¿A quién más deberían haber arrestado con vosotros?*

Nina no lo hizo. Siguió robando comida que no podía comerse, ni dar, ni usar. Sentía que llevaba en prisión toda la vida y que iba a quedarse allí para siempre. No veía nada por delante, salvo más noches durmiendo con la ropa húmeda y mugrienta sobre un suelo de roca fría y dura, más días intentando captar los susurros de los otros, más visitas sin orden ni concierto a la sala del hombre cruel, que le gritaba y le daba comida que ella no podía comer: solo robar.

Entonces, un día, la cortó en seco.

—Tienes 24 horas —espetó el hombre cruel—. Y punto.

Nina lo miró, sin parpadear, con el cerebro esforzándose por entenderlo. Casi se le había olvidado que 24 horas eran un día, que en el mundo existían cosas como los números y las horas contadas.

—¿Quiere decir...? —murmuró, más desconcertada que aterrorizada.

—Si no me dices todo lo que necesito saber antes de... —miró el reloj que llevaba en la muñeca— las diez y cinco de la noche de mañana, te ejecutarán. A ti y a los otros tres parias.

Nina esperó a que llegara el terror, pero estaba demasiado entumecida. Y luego se distrajo. Mack, el guardia, estaba aporreando la puerta de la sala. El hombre cruel la abrió y Mack entró tambaleándose hasta desplomarse contra la mesa. Nina vio que aún apretaba el llavero que siempre usaba para sacarla y meterla en la celda. Sus brazos largos golpearon la madera con fuerza. Luego se le aflojaron los dedos, y las llaves resbalaron por la mesa y cayeron al suelo.

—Ve... —tragó saliva Mack—. Veneno...

El hombre cruel se puso en pie de un salto y agarró un teléfono, marcando números con una rapidez asombrosa.

—¡Una ambulancia a la sede de la Policía de Población inmediatamente! —exigió—. Han envenenado a uno de nuestros guardias.

Arrastró a Mack hacia el pasillo, con los pies del guardia dando botes contra el suelo.

—Aguanta conmigo, Mack —murmuró el hombre cruel—. Ya están de camino.

—Uuuh... —gimió Mack.

Los dos parecían haberse olvidado de ella. Nina bajó la vista y vio el llavero del guardia en el suelo, justo a la izquierda de su silla. Todas las llaves sobresalían en ángulos extraños. Despacio, con una calma casi despreocupada, como si no fuera nada más que otra cáscara de cacahuete suelta, Nina se agachó y cogió la anilla entera.

Capítulo 13

Nina se deslizó el aro de llaves por la muñeca izquierda y se lo fue empujando por el brazo —más arriba, más arriba— hasta que quedó encajado y se sostuvo solo. Las puntas de las llaves se le clavaban en la piel, pero la sensación no era del todo desagradable. La espabiló.

Tengo llaves.

Tengo comida.

Tengo veinticuatro horas.

Necesito un plan.

El hombre cruel regresó a grandes zancadas. Nina no tenía la menor idea de cuánto tiempo había estado fuera. A lo mejor llevaba horas sentada allí, tocando las llaves a través de la manga.

—¡No me lo puedo creer! —se enfureció el hombre—. Mack... Ya hay alguien con Mack. Te llevo de vuelta a la celda. ¡Vamos! Quiero volver aquí lo antes posible...

Nina se levantó, notando de golpe el peso de la bolsa de comida atada a la cintura y el pellizco de cada una de las llaves alrededor del brazo. Tan despacio como se atrevió, rodeó la mesa hacia el hombre cruel. Él la cogió del brazo —el derecho, por suerte— y tiró de ella.

—No sé en qué se está convirtiendo este mundo... —murmuró el hombre cuando salieron del pasillo lujoso y entraron de nuevo en el resto de la prisión.

Nina contuvo el aliento. ¿Se daría cuenta ahora de que necesitaba las llaves de Mack?

No: estaba sacando sus propias llaves del bolsillo interior de la chaqueta, metiendo una en la cerradura, dándole tirones, hurgando, mientras no paraba de despotricar:

—Mack es un buen hombre, honrado, con hijos... No sé por qué...

Llegaron a otra puerta. El hombre también la abrió, casi sin detenerse.

Bajaron las escaleras, cruzaron otra puerta... El hombre apremiaba a Nina a cada paso. Nina se permitió volver a respirar.

Entonces llegaron a la puerta de la celda de Nina.

El hombre cruel se detuvo y miró su llavero.

—¡Será posible! —gruñó—. Me falta esta llave. Tendré que volver a por ella.

Miró hacia la puerta por la que acababan de venir. El disgusto y la impaciencia se le dibujaron tan claros en la cara que Nina sintió que podía leerle el pensamiento: *Ahora me toca subir otra vez hasta arriba, llevarme a esta cría asquerosa conmigo y luego volver a bajar a este lodazal.* Sí, eso tenía que estar pensando. Incluso levantó el pie con gesto de repugnancia para mirar el barro pegado a la suela de su zapato reluciente. *Y no quiero tener que pensar más en esta cría inútil; solo quiero ir a ver cómo está el pobre Mack...*

—Te digo una cosa —dijo el hombre cruel—: ni siquiera voy a meterte en la celda. Te dejo aquí, en este pasillo. Ahora mismo no hay nadie más en esta ala, y esa puerta quedará bien cerrada. —Lo decía como si fuera Nina, y no él, quien pudiera preocuparse de que estuviera lo bastante bien encerrada—. El guardia de la mañana te volverá a meter en tu celda cuando pase en su ronda de las ocho.

Ya estaba cruzando de nuevo la otra puerta.

—No hay más remedio —murmuró, y le cerró la puerta a Nina en las narices.

Nina se quedó junto a la sólida puerta metálica y tocó el ojo de la cerradura con el dedo. Una de las llaves del llavero de Mack encajaba ahí. Estaba segura. Si el hombre cruel la hubiera devuelto a su celda, las llaves no le habrían servido de nada: la puerta de la celda no podía abrirse desde dentro.

Pero tenía llaves para todas las puertas que la separaban de la sala de interrogatorios, con sus ventanas al exterior.

Tenía llaves, tenía comida... podía escapar.

Capítulo 14

Nina fue metiendo llaves a ciegas en la cerradura, buscando la que encajara. La única luz del pasillo era una bombilla mortecina y sucia, a varios metros de distancia, y le costaba incluso diferenciar entre las llaves que había probado ya y las que no. También le resultaba difícil evitar que el resto del llavero golpeara la puerta metálica mientras giraba cada llave.

Estaba segura de que tenía que hacerlo en silencio. Pero ¿por qué? El hombre cruel debía de estar ya arriba, ocupándose del envenenado Mack. Y había dicho que no había otros presos allí abajo. Salvo Percy, Matthew y Alia, claro.

Percy, Matthew y Alia.

Era raro, pero Nina no había pensado en ellos ni una sola vez desde el instante en que sus dedos se cerraron sobre el llavero del guardia. Había olvidado que existían. Lo único en lo que había pensado era en las llaves, en las cerraduras, en su propia vida.

Percy, Matthew y Alia.

Pensar en ellos ahora hizo que se le resbalara el llavero de las manos. Cayó con estrépito sobre el suelo de piedra y se deslizó unos centímetros. El ruido le retumbó en los oídos, como si hubiera soltado mil llaves sobre mil suelos a la vez. Casi deseó que alguno de los tres —Percy, Matthew o Alia— diera golpes en la puerta de su celda y gritara:

—¡Eh! ¿Qué pasa ahí fuera?

Porque entonces Nina tendría que hablar con ellos, tendría que plantarles cara, tendría que mirarlos a los ojos mientras decidía: *¿les pido que se vengan conmigo?*

Pero ninguno dio golpes en la puerta, ninguno la llamó. No debería haber esperado que lo hicieran. En el caso de que hubieran oído el tintineo de las llaves a través de la pesada puerta de madera, seguramente habrían dado por hecho que era un guardia haciendo más ruido de lo normal. Lo hubieran oído o no, se habrían quedado encogidos, juntos, en su rincón de la celda. En la cárcel, era una estupidez llamar la atención.

En la cárcel, lo sensato era pensar solo en uno mismo.

Nina no se agachó aún para recoger las llaves. Todavía no.

Desde que el hombre cruel le había soltado, días atrás, «Este es el trato», Nina había estado esquivando cualquier decisión. Se había tumbado en la mugre; había ido dando tumbos detrás del guardia; se había quedado sentada con la cabeza gacha mientras el hombre cruel la sermoneaba. Pero no había hecho nada para hacer daño a Percy, Matthew y Alia. Tampoco había hecho gran cosa para ayudarlos: se había quedado justo en el centro, en equilibrio perfecto.

Pero ahora tocaba inclinar la balanza. Tenía que elegir.

Si Nina se marchaba sola, sin mirar atrás ni una vez, estaría enviando a Percy, Matthew y Alia a la muerte. ¿No había dicho el hombre cruel que los mataría a todos si no conseguía la información que quería antes de las diez de la noche siguiente? En el fondo, Nina sabía que ese *sí* solo la favorecía a ella: si Percy, Matthew y Alia seguían en su celda mañana, él los mataría.

Pero no tengo tanta comida, pensó Nina. *Con cuatro sería mucho más difícil pasar desapercibidos y llegar a un sitio seguro que si voy sola. Y Alia es tan pequeña... Seguro que no puede andar deprisa, y yo necesito avanzar todo lo posible esta noche, antes de que alguien descubra que me he largado. De una forma u otra, esos críos van a morir. Llevármelos conmigo solo significaría mi muerte también.*

Nina pensó en cómo Jason la había traicionado, en cómo sus amigas se habían quedado mirándola sin hacer nada cuando la Policía de Población fue a detenerla. *¡A mí no me ayudó nadie!*, le entraban ganas de gritarle a esa parte pequeña y obstinada de sí misma que se negaba a agacharse, recoger las llaves y marcharse. Pero entonces pensó en su abuela, en la tía Zenka, la tía Lystra y la tía Rhoda: cuatro mujeres mayores que podrían haber disfrutado de los pocos lujos que les permitían sus pensiones. En vez de eso, siguieron trabajando en empleos mecánicos y agotadores, y, en sus ratos libres, cambiaron pañales y malcriaron a una niña pequeña. Pensó en su propia madre, una mujer a la que apenas había visto, ocultando el embarazo, viajando en secreto hasta casa de la abuela, enviando dinero siempre que podía.

Habría sido más fácil para todos si se hubieran deshecho de Nina desde el principio.

Pero habría estado mal.

Nina suspiró, soltando de golpe todo aquel aire húmedo y malsano de prisión que llevaba respirando. Luego se agachó y recogió las llaves. Se dio la vuelta y fue hacia otra puerta; rebuscó hasta dar con otra llave distinta. Y, sorprendentemente, acertó a la primera. La pesada puerta de madera se abrió con un chirrido.

—¿Alia? ¿Percy? ¿Matthew? —llamó—. Vamos. Salgamos de aquí.

Capítulo 15

Seis ojos la miraron de golpe, abiertos de par en par. Ella creía que había perdido por completo la noción del tiempo, pero notaba los segundos pasando uno tras otro —segundos útiles, quizá decisivos— mientras los otros la miraban sin decir palabra.

—¿Eh? —consiguió decir Percy al fin.

—He robado un montón de comida —dijo Nina—. Luego alguien envenenó al guardia, y se le cayeron las llaves. Y el hombre cruel no me vio cogerlas. Tenía prisa, así que no me llevó hasta la celda; solo quería volver con Mack cuanto antes. Mack es el guardia. En fin: tengo las llaves y nadie lo sabe, así que podemos escapar. ¡Vamos!

Otro silencio largo. No parecían entenderlo.

—¿Has envenenado tú al guardia? —preguntó Alia, con un hilillo de voz.

—No. No sé quién lo envenenó. Me da igual. Lo único que importa es que se le cayeron las llaves, ahora las tengo yo y voy a largarme. Y vosotros podéis venir también... si venís ya.

—A lo mejor es una trampa —murmuró Percy.

—A lo mejor es una prueba —murmuró Matthew. Se levantó y se acercó a Nina.

—¿Y por qué íbamos a fiarnos de ti? —preguntó.

Nina se quedó boquiabierta. Se había imaginado que estarían encantados, agradecidos, deseando largarse al instante. Jamás se le pasó por la cabeza que fueran a poner en duda su oferta.

—¿Que por qué ibais a fiaros de mí? —repitió, aturdida—. Porque... porque estáis en esta celda asquerosa, lamiendo agua de la pared y haciendo pis en un rincón.

Y mañana, si seguís aquí, la Policía de Población os va a ejecutar. No es que tengáis muchas opciones. Yo soy vuestra única oportunidad.

Percy y Alia se colocaron al lado de Matthew, como refuerzos.

—Tiene razón —susurró Percy a Matthew—. Pero...

A Nina se le estaba acabando la paciencia. Aquello era el mundo del revés. Deberían de estar suplicándole a ella, no al contrario.

—Y porque soy buena persona —protestó—. Lo soy, de verdad. No me conocéis porque aquí en la cárcel no he sido yo misma, porque... —No podía decir «porque estaba decidiendo si traicionaros o no»—. Da igual. Pero podéis fiaros de mí. Lo prometo.

Percy miró a Alia. Alia miró a Matthew, y Matthew miró a Percy.

—Vale. Vamos contigo —anunció Matthew.

—Estupendo —dijo Nina, incapaz de evitar un toque de sarcasmo—. Me alegro de que por fin esté claro.

Se volvió hacia la otra puerta, haciendo tintinear el llavero en la mano.

—¿Cuál es tu plan? —preguntó Percy.

—¿Plan? —repitió Nina.

—¿No has dicho que habían envenenado a un guardia? —preguntó Percy—. ¿Cómo piensas esquivar a los demás, que estarán asustados, furiosos y buscando a alguien a quien culpar?

—Eh... —dijo Nina.

—¿Y adónde vamos a huir?

Nina se sintió idiota. Igual que las llaves le habían hecho olvidarse de Percy, Matthew y Alia, también le habían borrado de golpe la lógica. No podía simplemente huir de la cárcel. Tenía que huir a algún sitio.

Pensó en su abuela y sus tías, pero era demasiado peligroso. Y en el internado Harlow... allí todo el mundo sabía que la habían detenido. Nadie se atrevería a ayudarla a esconderse.

Tragó saliva.

—¿Conocéis algún sitio seguro? —preguntó en voz baja.

Otra vez se cruzaron miradas, como si se pasaran uno a otro la pregunta: Alia miró a Percy, Percy miró a Matthew, Matthew miró a Alia. Menos mal que casi todo el tiempo que Nina había pasado con ellos había sido a oscuras: esas miradas la habrían sacado de quicio, como lo hacían ahora.

—No conocemos ningún sitio seguro —dijo Matthew—. Ya no.

—Genial. Esto es genial —estalló Nina, dejándose caer contra la pared—. Tenemos comida, tenemos llaves, tenemos todo lo que hace falta para escapar... excepto un sitio adonde ir.

—No es fácil sobrevivir... ahí fuera —dijo Percy, señalando con la cabeza hacia la puerta metálica, como si el mundo entero estuviera justo al otro lado—. Necesitas comida, necesitas techo, necesitas calor... bueno, ahora no tanto, pero cuando llegue el invierno...

—También tienes que estar a salvo de la gente —añadió Alia.

—Lejos de la Policía de Población, o de cualquiera que pueda denunciarte a la Policía de Población —convino Matthew.

Nina empezaba a arrepentirse de su decisión. Lo último que necesitaba en ese momento era que tres críos le soltaran una charla sobre lo peligroso que era el mundo. ¿Se creían que no lo sabía? Como si existiera algún sitio lejos de la gente.

Una idea le cruzó la cabeza a Nina. *Lejos de la gente...* Como en una sucesión de imágenes, por su mente empezaron a pasar árboles y más árboles: un bosque que se extendía kilómetros y kilómetros, entre enormes explanadas que llevaban hasta dos escuelas sin ventanas. Escuelas cuyos alumnos probablemente ya no se acercaban al bosque, después de que arrestaran a Nina y a Jason...

—Conozco un sitio —dijo Nina despacio, todavía pensando.

—¿Tiene mucha comida? —preguntó Alia con entusiasmo.

—No, pero... —Nina dio un pequeño tirón a la bolsa de comida atada a su cintura, bajo la tela del vestido.

Otra vez estaba siendo ingenua: lo más probable era que los cuatro se comieran todo lo robado antes siquiera de llegar al bosque. Y no era como si en el bosque hubiera comida tirada por ahí... ¿o sí? Nina recordó al chico nuevo del grupo de amigos de Jason, el que venía de Hendricks. Se hacía llamar Lee Grant, aunque Jason le había dicho más de una vez que estaba seguro de que aquel era un nombre falso. La primera vez que Nina conoció a Lee, estaba que echaba humo porque se había montado un huerto en el bosque y los otros chicos se lo habían pisoteado.

La comida crecía en los huertos. Nina era de ciudad, pero eso sí lo sabía. Si Lee Grant había podido montar un huerto en el bosque, también podrían Nina, Percy, Matthew y Alia.

—Ese sitio en el que estoy pensando... allí podemos cultivar nuestra propia comida —dijo Nina, y enseguida lo explicó.

Tuvo cuidado de no mencionar a Jason, de no soltar demasiadas pistas sobre por qué había estado en el internado Harlow o por qué había tenido que marcharse.

Una vez más, Percy, Matthew y Alia se cruzaron miradas.

—Yo creo que cultivar es más difícil de lo que sugieres —dijo Percy.

—Pero... —Matthew miró alrededor, a las paredes de la prisión—, mejor eso que quedarnos aquí.

—A mí me gustan los árboles —dijo Alia en voz baja.

Y con esas palabras quedó decidido.

Nina se sorprendió a sí misma dedicándoles a los otros tres una sonrisa de verdad, de las de oreja a oreja, por primera vez. Le alegraba no tener que esquivarles la mirada, ni intentar espiar susurros, ni preocuparse de que supieran que se suponía que ella debía traicionarlos. Ya no había ninguna posibilidad de que los traicionara.

En lugar de eso, les estaba salvando la vida.

Capítulo 16

Al final, tras mucho discutirlo, los cuatro decidieron esperar antes de abrir todas las puertas y escabullirse de la prisión.

—Si han envenenado a alguien, todo estará patas arriba durante un rato —dijo Percy—. Sería mejor esperar a medianoche.

—Pero el hombre cruel, el que me interrogaba, dijo que no vendrían a meterme en la celda hasta las ocho de la mañana. Eso es... eh... dentro de diez horas. Podemos alejarnos muchísimo de la cárcel si en diez horas no se dan cuenta de que no estamos.

—Una hora —dijo Matthew, como si tomar una decisión le correspondiera solo a él—. Esperaremos una hora. Así los guardias tendrán tiempo de calmarse. Y...
—miró hacia la puerta de la celda—, por si alguien viene a comprobar, los tres deberíamos volver ahí dentro por ahora.

Nina lo vio en sus caras —en la de Matthew, en la de Alia y en la de Percy—: detestaban la idea. Con la libertad a solo una hora, regresar a la celda parecía un castigo insoportable. Con solo asomarse a la oscuridad al otro lado de la puerta, a Nina se le puso la piel de gallina. Se alegró pensando que al menos ella podía quedarse en el pasillo bajo la luz de una bombilla, aunque fuera débil.

—Enciérranos —dijo Percy en voz baja.

Los tres cruzaron el umbral de la celda y tiraron de la puerta hasta cerrarla. Nina giró la llave en la cerradura. El cerrojo encajó con un golpe sordo, con un sonido casi definitivo.

Yo no, pensó Nina. *Yo no habría vuelto ahí dentro. No habría podido.* Si hubiera sido ella, se la habría jugado:

prefería arriesgarse a perder cualquier posibilidad de escapar antes que pasarse una hora más sentada en aquella celda oscura, húmeda y miserable. Pero ninguno de los otros murmuró ni una sola palabra de protesta.

Nina se pasó la hora siguiente caminando de un lado a otro: desde la puerta de la celda hasta la puerta metálica que daba a las escaleras, y vuelta. Una y otra vez. Habría tenido sentido reservar fuerzas, guardar energías —y suelas— para las horas de caminata que le esperaban. Pero Nina no podía quedarse quieta, no podía descansar ni un segundo.

Cuando estuvo segura de que ya había pasado una hora, llamó a la puerta de la celda.

—¿Ya? —preguntó a través de la madera.

—Todavía no —respondió la voz apagada de Matthew.

Nina volvió a pasearse. Luego se sentó y revisó la bolsa de comida. (Se colocó de espaldas a la puerta metálica, por si oía que alguien la abría desde el otro lado y tenía que esconderlo todo rápidamente). Las galletas estaban ya hechas migas, las manzanas se habían magullado, las naranjas empezaban a ablandarse. ¿De verdad era suficiente comida para los cuatro?

Aún puedes largarte sin los otros, le susurró una voz malvada en la cabeza. *No es demasiado tarde para cambiar de idea.*

No, se dijo Nina con firmeza. Volvió y llamó otra vez a la puerta de madera.

—No ha venido nadie —dijo—. No va a venir nadie. Es hora de irnos.

—Vale —respondió uno de los chicos. Nina ni siquiera supo cuál.

Abrió la puerta, y los otros salieron. Parecían tranquilos, sin una pizca de preocupación, como si fueran de excursión y no estuvieran escapando de la Policía de Población. Nina volvió a probar llaves en la puerta exterior.

—¿Puedo? —preguntó Percy.

Nina dudó. Se había preocupado tanto por conseguir que los otros se fiaran de ella que ni siquiera había pensado que quizá ella no podía fiarse de ellos. ¿Y si Percy le arrancaba las llaves, empujaba a Nina y se escapaba sin ella?

Pero era un crío de nueve años.

Nina le tendió el llavero. Percy miró el ojo de la cerradura, rebuscó entre las llaves y escogió una de color plateado, sin brillo.

—Prueba con esta ahora —dijo.

Nina la metió en la cerradura. Encajó. La cerradura hizo clic y la puerta cedió. Delante de ellos se abrían las escaleras, desiertas y en penumbra.

—¿Y si uno de nosotros sube para asegurarse de que es seguro? —susurró Nina.

—Yo —dijo Alia.

Nina esperó que uno de los chicos dijera: «No, tú no». ¿Cómo iban a mandar primero a la más pequeña? Pero nadie dijo nada, así que Nina tampoco. Alia avanzó de puntillas, ágil y silenciosa como los gatos que Nina había visto en la tele. Cuando llegó arriba, se giró, les hizo una señal con la mano y articuló en silencio: «No hay nadie».

Percy y Matthew subieron, y Nina los siguió.

—Ya lo ha hecho antes —susurró Nina—. Está acostumbrada a hacer de vigía.

—Chist —dijo Matthew, sin volverse.

Cuando llegaron a la puerta de los alojamientos de oficiales, Nina estaba convencida de que se había juntado con una pandilla de ladronzuelos profesionales. Puede que sí. ¿Qué sabía ella de los otros tres, al fin y al cabo?

Sabía que se iban a morir si no los ayudaba, se dijo Nina. *Eso es lo que importa.* Y, además, era una maravilla tener a Percy en cada puerta, eligiendo la llave exacta sin dudar, sin manosear el llavero y sin hacer ruido. Y era una maravilla ver a Alia deslizarse por delante, siempre vigilando, siempre lista para avisar. Nina se sentía más segura con ellos.

Pero al llegar a la puerta de los alojamientos de oficiales, Matthew la retuvo.

—¿No hay otra salida? —preguntó.

—Que yo sepa, no —respondió Nina—. ¿Por qué?

Señaló unos cables grises que recorrían el marco de la puerta, tan finos y anodinos que Nina no los habría visto jamás por sí sola.

—Sistema de seguridad —murmuró Matthew.

El pánico le subió a Nina al pecho. ¿Cómo iban a darse la vuelta ahora, cuando estaban tan cerca?

Pero ¿cómo iban a burlar un sistema de seguridad?

Capítulo 17

Nina parpadeó con fuerza, intentando contener las lágrimas.

—Pues ya está —dijo, con una voz cargada de decepción.

Pero los otros no se daban la vuelta. Ni siquiera parecían preocupados.

—¿Cuántas puertas más quedan hasta la salida? —preguntó Matthew.

—Solo una —dijo Nina—. La de la sala de interrogatorios. Y desde allí podríamos salir por la ventana... quiero decir, podríamos haber salido. —Bajó la vista y arrastró la punta de la bota por el suelo asqueroso. Cuando volvió a mirar, Alia ya estaba encaramándose a los hombros de Matthew. Se balanceó, alzando los brazos hacia el cable del sistema de seguridad.

—Quieto —dijo Percy.

—¿Qué estás haciendo? —preguntó Nina.

—Cortar el cable —dijo Alia. Metió la mano en el bolsillo de la falda y sacó un cuchillo.

—¿Y eso no es peligroso? —preguntó Nina. No sabía gran cosa sobre sistemas de seguridad, pero su abuela y sus tías siempre le habían advertido que se mantuviera alejada de enchufes y cables.

—Sí —dijo Alia—. Por eso estoy teniendo cuidado.

No lo parecía. Parecía estar serrando el cable, haciendo el corte lo más irregular y basto posible. Alia había raspado el recubrimiento de plástico en un tramo largo del cable. Incluso se desprendían pedacitos grises que iban cayendo al suelo.

—Se van a dar cuenta enseguida —dijo Nina.

—Se darán cuenta en cuanto se les pongan las pantallas en negro —respondió Percy—. Pero así parecerá que el cable ha sido roído por ratones, no que unos presos estaban intentando escapar.

—¿Tienes la llave preparada? —preguntó Alia, entre dientes.

—Preparada —dijo Percy, pegado a la puerta. Miró por encima del hombro hacia Nina—. En cuanto haga el último corte, corremos. ¿Entendido?

Nina asintió y se colocó detrás de Percy.

Alia dio un último tirón con el cuchillo y soltó un «¡ay!» ahogado de dolor. Percy metió una llave en la cerradura y la giró. Alia saltó de los hombros de Matthew y se coló por la puerta junto a Nina. Percy ya estaba forcejeando con la puerta de la sala de interrogatorios.

—Hoy es nuestro día —susurró—. Está abierta.

Nina entró corriendo y empujó la ventana para abrirla. Los cuatro críos se precipitaron hacia fuera a la vez. Las ramas de los arbustos le arañaron los brazos a Nina y le tiraron del vestido, pero ella siguió moviéndose, rodando cuesta abajo. La bolsa de comida le golpeaba las piernas. Por el rabillo del ojo vio que Matthew se quedaba atrás un instante, bajando la ventana después de pasar.

—¡Vamos! —siseó Percy junto al oído de Nina—. ¡A los árboles!

Medio corriendo, medio cayéndose, Nina se lanzó a ciegas detrás de Percy y Alia. Corrían rápido. En la oscuridad, a Nina le daba pánico perderlos. Se dio cuenta de que se guiaba más por el oído que por la vista. Mientras pudiera oírlos jadear, todo iba bien.

La hierba bajo sus pies se hizo más espesa y se le enganchaba a los tobillos. No, no era hierba: era matorral bajo, la maleza del suelo del bosque. Ya estaban rodeados de árboles.

—Vale —susurró Matthew, justo detrás de ella. No sabía cómo, pero los había alcanzado—. Ahora, quietos. Vamos a parar y vigilar.

Nina quería seguir corriendo, pero Percy le puso una mano en el hombro y la sujetó. Los otros se agacharon, y Nina hizo lo mismo, mirando hacia la prisión.

Ahora que estaba más lejos, Nina veía que lo que le había dicho el hombre cruel era cierto: por la parte de atrás, la prisión tenía vallas altas de alambre de espino, puestos de guardia y focos potentes. Los alojamientos de oficiales, de donde habían escapado, eran solo un añadido pequeño, de una sola planta, en un lado sin protección. Allí todo estaba envuelto en oscuridad; Nina tuvo que entornar los ojos para distinguirlo, deslumbrada por el resplandor del resto de la prisión.

—Todavía no nos están buscando —murmuró Matthew.

—No... ¡ahí! ¡Mira! —susurró Percy, señalando.

Una luz tenue —¿una linterna?— brilló un instante a través de la ventana por la que habían salido. Luego desapareció y volvió a aparecer en otra ventana de los alojamientos de oficiales.

—No sale nadie —murmuró Matthew—. Los hemos engañado.

Nina tembló al pensar en lo que podría haber pasado si Matthew hubiera dejado la ventana abierta, si Alia hubiera cortado el cable del sistema de seguridad de un tajo en vez de hacer que pareciera obra de los dientes de un roedor.

—¿Y qué habríamos hecho si hubieran venido a buscarnos? —preguntó Nina.

—Escondernos —dijo Percy, como si tal cosa—. Se nos da bien escondernos.

—Se os dan bien muchas cosas —dijo Nina, asombrada—. Yo... —Quería darles las gracias, reconocer que sin ellos no habría podido escapar. Pero los otros tres ya se estaban incorporando, listos para seguir.

—La luna está saliendo por allí, así que eso es el este —dijo Percy—. ¿Hacia dónde queda ese sitio seguro del que nos hablaste?

Nina miró a su alrededor: el resplandor de la luna llena, el fogonazo de las luces de la prisión, la oscuridad del bosque más allá. El pánico que llevaba toda la noche acechándola, al fin, la desbordó.

—¡No lo sé! —gimoteó—. ¡No sé cómo llegar!

Capítulo 18

Los otros tres ni siquiera parecieron sorprendidos. Nina se sintió aún más avergonzada: daban por hecho que no iba a saberlo, que era tonta e ignorante.

—Tranquilízate —dijo Matthew, no precisamente con cariño—. Podemos analizarlo con calma. —Miró a Percy, como esperando que tomara las riendas.

—Ese sitio que crees que es seguro está al lado del internado al que ibas, ¿no? —preguntó Percy.

Nina asintió.

—Y la Policía de Población te trajo a esta prisión desde el internado, ¿verdad?

Nina volvió a asentir.

—¿A qué hora del día te trajeron aquí?

Durante un momento, Nina temió no ser capaz ni de contestar a eso. Pero se recompuso enseguida; la mente le lanzó una mezcla aterradora de imágenes.

—Por la mañana —dijo—. Me arrestaron durante el desayuno.

Aún podía oler la avena, aún podía ver aquellas tres pasas solitarias escondidas entre los copos. El recuerdo le dio arcadas.

—Vale. Bien —dijo Percy, animándola, como si le estuviera hablando a una cría muy pequeña, incluso más que Alia—. Ahora concéntrate. Cuando te traían en coche, ¿de qué lado te daba el sol?

—¿El sol? —Nina no estaba segura de haber oído bien la pregunta. Luego no estuvo segura de poder contestarla. La acababa de detener la Policía de Población, estaba muerta de miedo... ¿quién, en su sano juicio, se fijaría en el sol en un momento así? Entonces recordó los golpes del agua en la ventanilla a su lado, las gotas deslizándose por el cristal—. Es que ni siquiera había sol —dijo, triunfal—. Estaba lloviendo.

Percy y Matthew se cruzaron una mirada. Nina tuvo la sospecha de que no debía sentirse tan triunfante.

—¿Y eso qué importa? —preguntó.

—Si supiéramos de qué lado del coche estaba el sol —explicó Matthew— sabríamos en qué dirección ibas. Por la mañana, el sol está al este. Si ese día llovía y no se veía el sol, no podemos saber de dónde venías.

—Ah —dijo Nina. Aunque no lo veía con claridad, tuvo la sensación nítida de que Matthew había hablado con los dientes apretados.

No era justo esperar que Nina supiera cosas del sol y del cielo. En toda su vida había visto muy poco de ambos. ¿Por qué Percy y Matthew parecían expertos?

—Haz un esfuerzo —insistió Percy, paciente—. ¿Había alguna parte del cielo más clara que el resto aquella mañana?

Aquello era como los programas de detectives de la tía Lystra. Los detectives siempre decían cosas como: «Sé que es difícil, señora, pero es importante que lo recuerde... ¿está usted segura de que oyó al señor X salir de su habitación antes de medianoche?». Pero en los programas de la tía Lystra los testigos siempre estaban segurísimos: «Oh, sí. Oí abrirse su puerta justo antes de que pasara el tren de medianoche, justo antes de que el reloj diera las doce». Nina no se había fijado en el cielo cuando la Policía de Población la llevó a la prisión. Miraba hacia abajo, a las esposas en las muñecas, a las cadenas en los tobillos. Pero si hubiera mirado lo suficiente por la ventana para ver la lluvia...

—Todavía era de noche cuando salimos del internado —dijo despacio—. Pero luego, creo... creo que vi como un resplandor en el cielo, a través de la lluvia, por mi ventana.

—Salía el sol —murmuró Matthew.

—¿El sol... sale? —preguntó Nina. Nunca se había parado a pensar cómo llegaba hasta lo alto. En los dibujos y en la tele simplemente estaba ahí, encima.

Percy ignoró la pregunta y le hizo otra:

—¿En qué lado del coche ibas?

—En el lado izquierdo. Detrás —dijo Nina.

—Entonces el lado izquierdo era el este... Ibais hacia el sur —anunció Percy.

—Si tú lo dices —dijo Nina.

—Su internado probablemente está junto a la Ruta Uno —dijo Matthew—. Al norte de la ciudad. ¿Nos la jugamos y caminamos pegados a la carretera?

—Si no lo hacemos, nos perderemos seguro —dijo Percy.

Nina se fijó en que ni siquiera se molestaban en fingir pedirle su opinión. Al menos los dos chicos miraron un instante a Alia, lo justo para que ella asintiera.

Nina se dijo que le daba igual. Solo esperaba haber acertado con lo del amanecer.

Capítulo 19

Los cuatro avanzaron penosamente por el bosque durante horas.

Nina acabó tan agotada que dejó de prestar atención al camino que seguían, a lo que decían los demás o a cualquier otra cosa. Lo único que importaba era obligarse a levantar un pie tras otro, y a apoyar cada uno un poquito más adelante que el anterior. Se acordó de cuando se había dicho a sí misma que los otros niños podrían retrasarla... Menuda tontería. La lenta era ella. Era a ella a quien los demás se volvían a mirarla y la esperaban, impacientes.

Al final, Alia volvió dando saltitos hasta donde estaba Nina, le cogió la mano y dijo:

—Ya puedes sentarte. Vamos a esperar mientras... mientras Percy y Matthew hacen algo.

Nina se dejó caer al suelo y apoyó la cabeza, floja, contra el tronco de un árbol. Le pareció mejor que cualquier almohada.

—¿Quieres comer algo? —murmuró, adormilada.

—¡Oh, sí! —dijo Alia—. ¿Puedo?

Nina se desató la bolsa de comida de la cintura y se la ofreció abierta a la niña.

—Coge lo que quieras —dijo.

—Creo que... solo un poquito —decidió Alia—. Hasta que vuelvan los chicos. Ellos sabrán cómo racionar la comida para que dure más tiempo.

Nina ni siquiera se molestó en mantenerse despierta para ver qué escogía Alia. Lo siguiente que supo fue que Alia le deslizaba con cuidado una rodaja de naranja en la boca.

—Esto te dará energía —dijo Alia.

Nina masticó y tragó. No había comido muchas naranjas. Aquella estaba dulce y jugosa. Y, desde luego, una rodaja no era ni de lejos suficiente. Lo único que consiguió fue recordarle lo hambrienta que estaba. Hurgó en la bolsa de comida y sacó una caja de cereales. Le arrancó la tapa y empezó a echárselos a la boca. En la vida había devorado nada tan deprisa.

—Es tu comida, no la nuestra —dijo Alia—. Pero ¿no deberías guardar un poco, para asegurarte de que tengamos suficiente para el viaje?

En la oscuridad, Nina ni siquiera se había dado cuenta de que Alia podía ver lo que estaba haciendo. Se puso colorada y dejó de masticar. Había comido con tanta ansia que algunos copos de cereal habían caído al suelo, echados a perder.

—¿Percy y Matthew te han dicho que eres mi jefa mientras ellos no estén? —gruñó Nina.

—No —dijo Alia.

Aquello era para volverse loca. Nina tenía ganas de tirarle toda la caja de cereales a la cría. Pero en ese momento vio un destello de luz que avanzaba dando tumbos entre los árboles. Venía hacia ellas.

—Alia, ¡mira! —susurró Nina—. Es la Policía de Población. ¡Nos siguen el rastro! Tenemos que correr...

Se puso en pie de golpe, apenas logrando no derramar el resto de los cereales.

—Nina, tranquila. Son Percy y Matthew —respondió Alia.

—¿Cómo lo sabes?

—Es nuestra señal. Por cómo va saltando la luz.

Nina miró otra vez, y sí: parecía moverse con un patrón concreto. Dos veces a la derecha, una a la izquierda. Y otra vez dos a la derecha, una a la izquierda.

—¿De dónde han sacado una linterna? —preguntó Nina.

Alia no contestó.

Unos minutos después, la luz se apagó. Una ramita crujió a la espalda de Nina y se quedó rígida... pero solo eran Percy y Matthew, acercándose en silencio.

—¿Todo despejado? —preguntó Alia.

—Sí —dijo Percy.

—¿Dónde estabais? ¿Y de dónde habéis sacado la linterna? —insistió Nina.

—La encontramos. ¿A que tuvimos suerte? —dijo Matthew.

Nina se dio cuenta de que había respondido solo a una de sus preguntas. Y esa respuesta no se la creyó del todo. Las linternas eran valiosas, sobre todo si tenían pilas. Ella no había visto una en su vida hasta que se fue al internado. ¿Quién iba a dejarse una linterna ahí tirada, en mitad del bosque?

—Nina nos ha ofrecido comida —dijo Alia.

Nina reprimió la irritación. No les había ofrecido comida: la había compartido con Alia. ¿Y por qué tenía la sensación de que Alia, sobre todo, estaba intentando cambiar de tema? Pero no se le ocurrió nada mejor que extenderles la bolsa de comida y soltar, de mala gana:

—Tomad.

Percy y Matthew sacaron cada uno una cajita de pasas.

—Ya casi amanece —dijo Percy—. Creo que ya podemos parar a descansar un rato. Podemos turnarnos para hacer guardia.

—¿Hacer guardia? —preguntó Nina—. ¿Quieres decir...?

—Que una persona vigila mientras las otras duermen —dijo Alia.

Nina entrecerró los ojos, pensativa. Parecía que Alia sabía muy bien de qué iba eso de hacer guardia.

—Yo empiezo —dijo Nina—. Ya he dormido un poco, mientras vosotros estabais por ahí *encontrando cosas*.

Esperaba que captaran la ironía, pero nadie comentó nada.

A los pocos minutos, los demás estaban profundamente dormidos, hechos un ovillo, apretujados en el suelo. Nina se quedó mirando la semioscuridad, que parecía llena de misterios. Le entraron ganas de encender la linterna, como si la luz pudiera hacerle compañía. Pero era demasiado peligroso: la luz solo anunciaría su ubicación a cualquiera que anduviera cerca. Y la propia linterna era un misterio. De solo pensar en ella, le entraba un escalofrío.

Se dio la vuelta y miró a los otros tres niños.

A medida que la oscuridad se iba disipando, Nina vio cómo los rasgos de los otros niños emergían de las sombras. Había pasado tanto tiempo con ellos sin luz que nunca había tenido ocasión de fijarse de verdad en sus caras. Dormida, Alia parecía dulce, mona, para achucharla. Aunque tenía una mancha de tierra cruzándole la mejilla, llevaba el pelo claro bien recogido en una coleta baja, en la nuca. El vestido estaba raído y sucio, pero los desgarrones de la falda habían sido remendados con puntadas diminutas y meticulosas. Nina se preguntó quién habría dado esas puntadas, quién le habría peinado el pelo. ¿Se pasaban Percy y Matthew los días, sentados en la oscuridad de la celda, peinando con cuidado a Alia? ¿Dónde habían aprendido a hacerlo?

A lo mejor lo había hecho todo ella sola. Nina recordó la seguridad con que había subido las escaleras en la prisión, la seguridad con la que se había girado para articular sin voz: «Todo despejado». ¿Dónde había aprendido Alia a hacer de vigía?

Volvió a mirar hacia el bosque —al fin y al cabo, se suponía que ahora la vigía era ella—, pero nada se movía; ni una hoja de helecho con el viento. Volvió la vista a los otros niños y esta vez se detuvo en Percy. En Percy todo era anguloso: la nariz, la firmeza de la boca, los codos huesudos que sobresalían de las mangas remangadas de aquella camisa demasiado grande. El pelo oscuro lo llevaba algo largo y enredado. Si era él quien hacía de peluquero de Alia, dedicaba todo el esfuerzo a ella y no se ocupaba lo más mínimo de sí mismo.

Apretado contra la espalda de Percy, Matthew parecía preocupado incluso dormido. Tenía los ojos entornados y gimoteaba en voz baja, como si estuviera teniendo una pesadilla. Movió la cabeza de un lado a otro y el pelo castaño le cayó sobre los ojos.

¿Con qué soñaría Matthew? ¿En qué pensaba? ¿Quién era, en realidad? Nina se preguntó, vagamente, si habría matado a alguien para conseguir la linterna. Durante un instante, casi pudo imaginárselo. No parecía imposible. En ese caso, la Policía de Población no estaría buscando solo a unos presos fugados, sino también a unos asesinos.

Nina se estremeció. Fuera como fuese, estaba perdida en un bosque extraño, en peligro, con tres críos en los que no confiaba. Que ella supiera, podían ser como Jason: capaces de traicionarla en cualquier momento. En su cabeza brotaron ideas disparatadas: quizá planeaban matarla y robarle la comida. Quizá estaban intentando encontrar la forma de entregarla a la Policía de Población y cobrar una recompensa, sin que los pillaran a ellos. Quizá debería echar a correr ya mismo, tan rápido como pudiera.

Alia suspiró suavemente en sueños, y aquel sonido bastó para apaciguar su pánico. Nina no sabía qué pensar de Percy y de Matthew —al fin y al cabo, el último chico en quien había confiado la había traicionado—. Pero seguro que la dulce y adorable Alia no podía estar metida en un plan para hacerle daño a Nina.

¿O sí?

Volvió a clavar la mirada en el bosque: un lugar raro y salvaje, con ramas que sobresalían en ángulos imposibles y enredaderas colgando como cortinas. Nina no habría sabido decir si aquel bosque se parecía o no al que había junto al internado. Nunca lo había visto de día; solo había ido a tientas por allí en plena oscuridad, aferrada a la mano de Jason. A la luz del sol, aquel bosque era un sitio aterrador. Las hojas de los árboles parecían esconder ojos; la maleza, seguramente, estaría llena de serpientes. Y lo peor: no tenía ni idea de qué dirección debía tomar para llegar a un lugar seguro. Pero Percy sí. Matthew sí. Probablemente, incluso Alia.

Le apeteciera o no confiar en los otros, no tenía alternativa.

No sobreviviría sin ellos.

Capítulo 20

Nina se quedó dormida.

No era su intención, pero después de caminar toda la noche le resultaba demasiado difícil seguir luchando contra el sueño. No dejaba de decirse que tenía que mantener los ojos abiertos... solo un poco más, solo hasta que se despertara alguien... pero hasta sus propios ojos la traicionaron. Se le cerraron sin darse cuenta y, de pronto, dio un respingo y se despertó sobresaltada, presa del pánico.

—¿Qué? ¿Quién? —balbuceó, sin sentido.

Los pájaros cantaban sobre su cabeza. Hacía calor. Incluso a la sombra del bosque, Nina notaba el sudor resbalándole por la espalda. Pero no había ningún agente de la Policía de Población mirándola desde arriba; ninguna serpiente venenosa siseaba a sus pies; ninguna pesadilla hecha realidad se alzaba delante de ella.

Y los demás seguían dormidos.

Los párpados de Alia temblaron.

—¿Me toca a mí? —preguntó, adormilada.

—No, no, vuelve a dormir —consiguió contestar Nina.

Pero Percy también empezaba a moverse; Matthew se estiraba y bostezaba. Entrecerró los ojos al mirar el cielo.

—Ya es pasado mediodía. ¿Has estado de guardia todo este rato? —le preguntó a Nina—. Gracias por dejarnos dormir al resto.

—No hay de qué —dijo Nina, incómoda. No se veía capaz de admitir que ella también se había quedado dormida.

No había pasado nada, así que en realidad no importaba. ¿O sí?

Percy también estaba mirando el sol. Por cómo actuaban, cualquiera habría dicho que el sol era un reloj y un mapa.

—Apuesto a que llegamos a tu sitio seguro antes de que anochezca —le dijo a Nina.

Nina se encogió de hombros, sin ganas de preguntarle cómo lo sabía.

—¿Podemos desayunar? —preguntó Alia con su vocecita dulce.

—Querrás decir comer —le corrigió Matthew.

A regañadientes, Nina sacó la bolsa de comida. Con la luz del día se veía raída y asquerosa. Pero tenía demasiada hambre para que le importara. Sacó una barrita de avena para ella y le pasó la bolsa a Matthew. Él eligió una galleta desmigajada.

—Si no nos las comemos primero, estas se van a poner mohosas —dijo, y Nina notó el reproche en su tono: ella había escogido otra cosa.

Percy y Alia también eligieron galletas. A Nina la avena se le quedó pegada en la garganta.

—Vamos a necesitar agua —murmuró—. Tengo una sed horrible. ¿La gente puede morirse sin agua?

Era increíble todo lo que no sabía, todo lo que nunca había necesitado saber. Criarse con su abuela y sus tías —mimada, entre algodones, con cada necesidad prevista y satisfecha— no había sido precisamente el mejor entrenamiento para sobrevivir en el bosque. Y en el internado Harlow tampoco le habían enseñado nada útil.

—Hay un río más adelante —dijo Percy.

Esta vez Nina sí preguntó:

—Y tú, ¿cómo lo sabes?

—Lo oigo —respondió él.

Y entonces ella también lo oyó: un rumor lejano, apenas audible por encima del gorjeo de los pájaros y del susurro del viento en los árboles. ¿Así sonaba el agua?

—Pues vamos —dijo Nina. De pronto le entró miedo de que se le cerrara la garganta, de morirse de sed allí mismo.

—Primero tenemos que dejar esto como estaba —dijo Matthew.

Nina abrió la boca para preguntar a qué se refería —había tierra por todas partes; ¿cómo pensaba *limpiar* un bosque?—, pero Percy, Matthew y Alia ya se habían puesto manos a la obra: recogían migas, esponjaban la hierba que habían aplastado al dormir, borraban cualquier rastro de su presencia.

—¿Cómo sabíais que había que hacer eso? —preguntó Nina.

Percy se encogió de hombros.

—No somos tontos —contestó.

Nina entendió las palabras que había dejado sin decir: «No como tú»—.

Se apartó para que nadie viera lo mucho que le había dolido. Los otros echaron a andar hacia el sonido del río y ella los siguió a cierta distancia, con la garganta dolorida.

El rumor del agua se hacía más intenso cuanto más se acercaban. Era como el zumbido del tráfico que Nina oía en verano, cuando dejaban las ventanas abiertas, en el piso donde vivía con su abuela y sus tías. Aquel sonido le provocó una nostalgia rara. *Si la abuela pudiera verme ahora...*, pensó. Sucia, hecha un guiñapo, asquerosa. Desesperada.

La abuela le restregaba toda la cara si tenía siquiera una gotita de mermelada junto a la boca. Y, por mucho que costara el gasóleo de la calefacción, insistía en calentar el agua del baño hasta que Nina sentía que se estaba cociendo cada vez que se metía.

—Mata los gérmenes —decía siempre la abuela.

Los recuerdos se le quedaron clavados en la cabeza mientras caía de rodillas junto al río y, como los demás, se llevaba agua a la boca con las manos una y otra vez, bebiendo y bebiendo y bebiendo. Cuando por fin se le pasó la sed, anunció:

—Yo también me voy a bañar aquí.

Los otros se quedaron mirándola.

—Estamos asquerosos —dijo Nina—. No me baño desde que me detuvieron. Vosotros también deberíais lavaros.

—¿Sabes nadar? —preguntó Percy.

—No —admitió Nina. Miró el río, ancho, delante de ella. ¿Sería también profundo?—. Me quedaré pegada a la orilla.

Se desató la bolsa de comida de la cintura y la colgó de una rama, bien alta, por encima de las cabezas de los demás. Esperaba que no se dieran cuenta de que no se fiaba de ellos. Luego se quitó las botas y las medias y, sin quitarse el vestido, se metió en el agua poco a poco.

El barro se le coló entre los dedos de los pies y dudó. ¿Conseguiría limpiarse o el agua embarrada la dejaría todavía peor? Pero el agua estaba fresca y el contacto con su piel le producía una sensación maravillosa. Dio un paso más, se inclinó y se echó agua en los brazos, frotándose para quitarse la mugre de la cárcel. Se salpicó la cara y se mojó el pelo. Se deshizo la trenza y sumergió toda la cabeza. Levantó los pies del fondo del río y la corriente la arrastró un poco río abajo. Volvió a apoyar los pies.

—¡Venga, meteos! —animó Nina a los demás—. ¡Está genial!

Vio que Alia miraba a Matthew, como pidiéndole permiso. Matthew se encogió de hombros. Alia empezó a descalzarse aquellas botas tan pesadas.

—¡Mirad! ¡Estoy nadando! —gritó Nina, moviendo los brazos tal como había visto a los nadadores en la tele. Bajó la cabeza y notó cómo el pelo se extendía detrás de ella, flotando sobre el agua. Se sintió feliz por primera vez desde que la detuvieron, desde que descubrió que Jason la había traicionado, desde que el hombre cruel le había pedido que traicionara a Percy, a Matthew y a Alia. El agua corría a su alrededor y la corriente parecía casi lo bastante fuerte como para llevarse todo su dolor, su rabia y sus recelos. Detrás de ella oyó reír a Alia.

—¡Soy un pez! —dijo Nina, y se zambulló. El vestido la tiraba hacia abajo y la falda se le enredaba en las piernas, pero daba igual. Flotó un rato entre los bichos de agua y luego salió a la superficie para dejar que el sol le calentara otra vez la piel.

—No te alejes demasiado —le advirtió Percy desde la orilla.

—¡Estoy bien! —le gritó Nina—. No me cubre. El fondo está justo... justo...

Estiró el pie hacia abajo... y más abajo... y más abajo. Ningún barro amistoso le rozó los dedos. Y entonces, de pronto, la cabeza se le hundió bajo el agua.

Manoteó y consiguió sacar la cara lo suficiente como para tragar aire a bocanadas. La ropa le pesaba todavía más, tirando de ella hacia abajo, abajo, abajo. La corriente la empezó a arrastrar, cada vez más deprisa, lejos de

Percy, Matthew y Alia. Desesperada, golpeaba el agua, intentando abrirse paso de vuelta hacia la orilla. Y entonces volvió a apoyar el pie y, milagrosamente, ahí estaba otra vez el suelo firme.

—¡Estoy bien! —gritó Nina a los demás—. ¡No os preocupéis!

Se quedó quieta, saboreando cómo el barro se le escurría entre los dedos: barro salvador. Todo había pasado tan deprisa que su cabeza aún no había terminado de entender lo que podría haber ocurrido, pero podría haberse ahogado por haber hecho el tonto. Qué absurdo habría sido: sobrevivir a la traición de Jason, sobrevivir a la cárcel de la Policía de Población... para acabar muriendo por darse un baño.

Miró a su alrededor, agradeciendo cada bocanada de aire segura y maravillosa que llenaba sus pulmones, cada trino que oía en los árboles. Y entonces sus ojos empezaron a captar lo que tenía delante, como a cámara lenta. No era solo árboles, río y cielo. La corriente la había arrastrado hasta una curva. Justo enfrente había un puente: un enorme y feo puente de hormigón, de esos que construía el Gobierno. Y en el puente, asomados a la barandilla, había dos hombres con uniforme. Dos hombres con uniforme, inclinados hacia delante, moviendo la boca, gritando.

A Nina le pareció que también sus palabras llegaban más despacio de lo normal.

—¡Eh, tú! ¡La del río! ¡Eso está prohibido! ¡Sal y enséñanos tu identificación!

Capítulo 21

Si al menos supiera nadar. Quería zambullirse de nuevo, nadar kilómetros sin sacar la cabeza ni una sola vez.

Escapar.

Y, si no, tenía que salir del agua de un salto, correr por el bosque y confiar en poder esfumarse entre los árboles. Pero la Policía de Población no haría más que iniciar una batida allí mismo, peinar toda la zona. No tenía ninguna posibilidad.

Todas esas imágenes —nadar, correr, que la atraparan— le cruzaron por la cabeza en un instante. Incluso vio a Percy, a Matthew y a Alia cayendo con ella. Sería culpa de Nina. Al final los habría traicionado, después de todo.

Nina se quedó paralizada, con un nudo en el pecho. No se le ocurría ni una sola respuesta que darles a aquellos hombres de uniforme, ni una manera de ganar tiempo, aunque fuera solo un segundo, para pensar.

Entonces oyó la voz de Alia a su espalda.

—Un momento —dijo la niña—. Mi hermana y yo hemos dejado la identificación con los zapatos, en la orilla.

Bien, pensó Nina; una parte de su mente increíblemente lúcida pese al terror. *Eso me da uno o dos minutos más. Tendría que habérseme ocurrido a mí. Pero ¿no se enfadarán todavía más cuando descubran que está mintiendo?*

—Id a por vuestras identificaciones —gruñó uno de los hombres desde el puente.

Nina miró por encima del hombro. Alia desapareció tras la curva.

No es justo, pensó Nina. *Ahora Alia y los chicos se van a salvar... y yo no.* Se imaginó a Alia, Percy y Matthew echando a correr, alejándose del río todo lo posible. Sí, Alia le había dado un poco más de tiempo, pero ¿de qué le servía? ¿Cuánto tardarían los policías del puente en darse cuenta de que Alia no iba a volver? ¿Qué le harían entonces a Nina?

Pero ahí estaba Alia, avanzando por el agua de vuelta hacia ella, con dos tarjetas de plástico en la mano. Nina se quedó boquiabierta, estiró el cuello para ver qué llevaba. Alia se puso a su altura, le metió los dedos en la mano y tiró de ella para que avanzara.

—No pongas esa cara de sorpresa —susurró Alia entre dientes—. Déjame hablar a mí.

No iba a ser difícil. Nina estaba tan aturdida que ni siquiera creía que podía emitir un sonido. Porque había alcanzado a ver las tarjetas en la mano de Alia, y parecían carnés normales. En uno ponía Susan Brown; en el otro, Janice Brown.

Y llevaban las fotos de Alia y de Nina.

No... Nina miró otra vez: no eran exactamente sus fotos. Pero el parecido era tan grande que Nina estaba segura de que los policías picarían. Siempre que ella y Alia no metieran la pata.

Alia sujetaba los carnés con el mismo descuido con que habría sostenido unas hojas bonitas recogidas del suelo.

Llegaron a la orilla y, aun así, Alia siguió avanzando, con Nina unos pasos por detrás. La maleza que crecía junto al agua le rozaba los tobillos y le pinchaba los pies. Nina avanzaba con cuidado, medio tropezando. La mano firme de Alia la ayudaba a no perder el equilibrio.

—Es ilegal bañarse en ese río —dijo con severidad uno de los hombres—. Es propiedad del Gobierno. Podríamos deteneos por allanamiento.

Alia le tendió los carnés para que los inspeccionara. Él los tomó, los miró por encima con rapidez y se los pasó al otro hombre.

—¿Y bien? —dijo el primero—. ¿No os da miedo que os detengan?

—Ay, por favor, no nos detenga —dijo Alia, con una vocecita aún más dulce e infantil que antes—. Vamos a visitar a nuestra abuela y nos hemos resbalado en el barro. No podíamos dejar que nos viera así. Hemos pensado que podríamos lavarnos un momento... No sabíamos que estuviéramos incumpliendo ninguna ley. Lo sentimos.

—¿Dónde vive vuestra abuela?

—En Terrazzine —dijo Alia con aplomo. Nina no había oído ese nombre en su vida.

—¿Y tu hermana no habla? —preguntó el segundo hombre, devolviéndole los carnés. Alia se los guardó en el bolsillo.

—No, señor —dijo Alia, justo cuando Nina estaba abriendo la boca para contestar. Nina la cerró y esperó que nadie se hubiera dado cuenta—. Mi hermana es muda, señor. Y no está muy fina de la cabeza, si me entiende. Mi madre dice que tengo que cuidarla.

—Bueno, pues eres una valiente —dijo el primer hombre—. Esta vez lo dejaremos pasar. Pero andad con cuidado y, a partir de ahora, quedaos en el camino, ¿entendido? No estamos lejos de la prisión de la Policía de Población, ya lo sabes. Llevo años diciendo que, como se escape alguno de esos presos...

—Lo sé, señor —dijo Alia, como conteniendo un escalofrío de miedo—. Mi madre nos ha hablado de la prisión.

Los policías echaron a andar en una dirección, y Alia y Nina tomaron la contraria. Nina se dio cuenta entonces, por primera vez, de que Alia llevaba las botas de ambas colgando del cuello, atadas por los cordones.

—Toma. Ponte las botas, Janice, cariño —dijo Alia alzando la voz.

Atontada, Nina sacó primero un pie y luego el otro, y dejó que Alia le encajara las medias y las botas. Oyó un coche alejándose con un rugido a su espalda. Los policías se habían marchado.

Nina se dejó caer contra un árbol, aliviada.

—Pero... ¿cómo...?

—Chist —dijo Alia—. A veces vuelven para comprobar si tu historia es verdad. Todavía no es seguro que hables. Sigue caminando.

Alia tiró de su mano y Nina, obediente, caminó a su lado manteniendo el paso. Ahora iban por el centro de la carretera, a plena vista de cualquiera.

—¿No puedes explicármelo mientras andamos? —gruñó Nina, procurando no mover los labios.

—No —dijo Alia.

El sol caía a plomo desde lo alto. El bosque se iba abriendo a ambos lados de la carretera y pasaron junto a casas dispersas y campos ralos, mal cuidados. Era un paisaje que Nina ya había visto dos veces: al ir al internado y al marcharse. Pero entonces iba en coche y, en ambas ocasiones, el miedo la había dejado como anestesiada. Ahora ni siquiera tenía ese refugio: estaba demasiado asustada para quedarse insensible. No dejaba de revivir los momentos de terror: el agua tirando de ella hacia abajo, el policía gritando «¡Sal y enséñanos tu identificación!», y Alia acudiendo a rescatarla.

—Cuando sea seguro hablar —dijo Nina en voz baja—, cuando nos reunamos otra vez con Percy y con Matthew, vosotros tres vais a contármelo todo. Y... y yo también os lo voy a contar todo.

Alia le lanzó una mirada que Nina no supo interpretar. Podía significar: «Deja de hablar». Podía significar: «Estás loca si te crees que vamos a contarte nada».

Pero también podía significar: «Vale. Ha llegado el momento de compartirlo».

Capítulo 22

Solo cuando llegaron al camino de entrada del Internado Harlow para Chicas, Alia consideró que era seguro hablar.

—¿Esa es tu escuela? —preguntó Alia en voz baja mientras tomaban una curva.

Nina se quedó mirando la extensión de césped y el imponente edificio de ladrillo de tres plantas. El internado no tenía ventanas; por dentro le había parecido de lo más normal, cuando Nina ni siquiera estaba acostumbrada a asomarse a ventanas. Pero desde fuera, aquella ausencia resultaba extraña, como si el edificio estuviera hecho para ser un monumento o un memorial, no un lugar donde pudiera vivir gente.

—Es ese —dijo Nina—. Y el bosque queda detrás del internado.

Señaló con el dedo. Alia asintió y se desvió para rodear el edificio, escabulléndose entre arbustos y matorrales.

—¿Y Percy y Matthew? ¿Y... nuestra comida...? —Nina no quería parecer más preocupada por la bolsa que por los dos chicos, pero le costaba, con el estómago rugiéndole.

—Nos encontrarán —dijo Alia, segura de sí misma.

Unos minutos después se adentraron en el frescor del bosque. Alia se sentó en un tocón y Nina se dejó caer al suelo a su lado. Se quitó las botas y se frotó los pies doloridos.

—¿Cuánto crees que hemos andado? —preguntó Nina.

—Un par de kilómetros —dijo Alia.

—¿Y cómo sabías cómo llegar hasta aquí?

—Ya no hay tantas carreteras transitables —dijo Alia—. Percy supuso que este era el camino. Miró a su alrededor y añadió, alegre—: Este sitio está bien.

—Supongo... —dijo Nina, con dudas. Vio una araña trepar dentro de una de sus botas. ¿Serían venenosas? ¿Iba a sobrevivir a la prisión de la Policía de Población, a estar a punto de ahogarse y a la huida... para morir de una picadura de araña?

Alia se inclinó y sacudió la bota hasta que la araña cayó al suelo. La araña salió corriendo.

—Gracias —murmuró Nina.

Se preguntó si algún día se acostumbraría a estar al aire libre. No le parecía natural no tener cuatro paredes alrededor, un techo sobre la cabeza y un suelo firme bajo los pies. Jason siempre se burlaba de los críos que le tenían miedo al bosque. *No, no*, se reprendió, *no pienses en Jason nunca más*. Aun así... El bosque ya era bastante desagradable, incluso con el sol calentando. ¿Cómo sería cuando lloviera, o cuando llegara el invierno?

A Alia, por lo visto, le daba igual. Se puso a silbar, despreocupada como un pájaro. Y su silbido debió engañar también a los pájaros, porque uno le contestó con un «pío-pío» a su «pío-pío-pío».

Y entonces Nina se dio cuenta de que no era un pájaro, son Percy y Matthew. Se acercaron en silencio por detrás.

—¿Todo despejado? —preguntó Alia.

—Todo despejado —contestó Matthew.

Los chicos se sentaron junto a Nina. Como si lo hubieran acordado de antemano, Percy abrió la bolsa de comida y repartió lo que parecía un banquete: una caja de cereales, una de pasas y una manzana para cada uno.

Nina no protestó. Matthew alzó su manzana como si estuviera brindando.

—Por nuestro nuevo hogar —dijo.

—Por la vida sin techo —dijo Percy.

—Por la idea de Nina —dijo Alia.

Nina miró de uno a otro y luego alzó su propia manzana.

—Por mis nuevos amigos, que nos han traído hasta aquí a salvo.

Comer exigía toda su atención. Masticar y tragar era un placer tan grande que nadie dijo nada hasta que solo quedaron los corazones de las manzanas; entonces se pusieron a arrancar los últimos trocitos de pulpa entre las pepitas. Y fue entonces cuando Nina dijo lo que había ido deduciendo durante su larga caminata en silencio con Alia:

—Vosotros tres estáis acostumbrados a sobrevivir en estas condiciones —dijo—. No sé dónde vivíais antes de que os detuvieran, pero era al aire libre. Y no sé cómo, pero os habéis hecho identificaciones falsas para terceros hijos. Eso es lo que Percy y Matthew fueron a buscar anoche cuando estábamos huyendo. Cuando trajisteis la linterna.

Nina esperó mientras los otros tres intercambiaban miradas. Alia asintió, levemente, hacia los otros dos.

—Sí —dijo Percy en voz baja—. Así es.

—¿Por qué no me dijisteis que teníamos carnés? —preguntó Nina—. Si no teníamos que escondernos, podríamos haber ido a otra parte. A algún sitio con paredes, con techo, con suelo.

—¿Adónde? —preguntó Matthew—. Los carnés no son comida. No son dinero para pagar un alquiler. No son adultos que respondan a las preguntas indiscretas del Gobierno. Son solo trozos de plástico.

Nina se encogió de hombros. Antes de que la detuvieran, nunca le había faltado comida, ni un techo, ni el cuidado de un adulto. Lo único que había echado en falta era una identidad legal. Lo intentó de otra manera.

—Podría haberlo echado todo a perder cuando me vieron esos agentes de la Policía de Población —dijo—. Como no sabía que me habíais hecho un carné, estuve a punto de ponerme a gritar y salir corriendo. Entonces habrían sabido que...

—¿Te creíste que esos eran de la Policía de Población? —preguntó Percy, incrédulo—. La Policía de Población sabría que tiene que buscar a unos fugados. Esos eran polis de pueblo, sin más. De segunda. Y seguramente odian a la Policía de Población tanto como nosotros.

Nina intentó asimilar aquello.

—Pero...

—Mira: la Policía de Población no le diría a nadie que se le ha escapado alguien de la prisión. Sería como... como una humillación para ellos. Les gusta que todo el mundo crea que son invencibles, que no hay manera de plantarles cara. Así que solo nos buscan ellos. Y si les preguntan a los polis locales, ellos no van a decirles que han visto a dos chicas por la carretera hacia el norte, saliendo de la ciudad. Por eso estamos a salvo —dijo Matthew.

Nina se preguntó cómo podía sonar tan seguro.

—Vivíamos en la calle antes —dijo Alia en voz baja—. En la ciudad. Sabemos cómo funciona todo.

Nina intentó imaginárselo. Con razón esos tres siempre parecían tan sucios. Pero, ¿cómo se las habían apañado? ¿Cómo conseguían comida? ¿Cómo habían evitado que los detuvieran años atrás?

—¿Quién cuidaba de vosotros? —preguntó Nina.

—Dios cuidaba de nosotros —dijo Alia—. Le rezábamos y él nos cuidaba. Igual que rezamos en la prisión y te mandó a ti para sacarnos.

Nina había oído hablar de Dios. Su abuela, por ejemplo, rezaba en casa, aunque la tía Lystra se burlaba de ella.

—En una cosa tiene razón el Gobierno —decía la tía Lystra—. Si hubiera un Dios ahí fuera que de verdad se preocupara por nosotros, ¿tú crees que viviríamos así?

Ese *así* lo abarcaba todo: desde el tejado que goteaba hasta los gorgojos en la harina, pasando por la cola interminable en la tienda para comprar repollo.

—Tú cree lo que quieras, y yo creeré lo que quiera —contestaba siempre la abuela—. Yo, por mi parte, veo unos cuantos milagros por aquí.

A Nina le gustaba cómo la miraba su abuela cuando lo decía. Incluso cuando Nina era demasiado pequeña para entender la palabra *milagro*, le gustaba; le gustaba la manera en que su abuela hablaba de Dios.

Pero no entendía cómo podía Dios cuidar de tres críos solos en la calle.

—Tengo sed —anunció Percy, lanzándole a Alia una mirada de aviso—. Vamos a buscar agua y a explorar un poco.

Los otros tres se pusieron en pie de un salto. Nina volvió a calzarse las botas y los siguió, dándole vueltas a todo.

Al final no le habían contado todo. Y ella tampoco había dicho ni una palabra sobre su pasado.

Capítulo 23

Los días que siguieron a la llegada de los chicos al bosque se parecían, de una manera extraña, a unas vacaciones. El sol brillaba sobre ellos —lo justo para dar calor, sin apretar demasiado— y se lo pasaban bien recorriendo el bosque, explorando. Cada noche templada dormían bajo las estrellas. Nina no olvidaba del todo la traición de Jason ni la pesadilla de la prisión, pero todos los horrores que había vivido empezaban a quedar lejos, como si hubieran ocurrido muchísimo tiempo atrás. Cada vez pensaba menos en la posibilidad de que volvieran a atraparla. Cuando abría los ojos por la mañana y veía las ramas meciéndose suavemente y un mosaico de hojas de arce recortadas contra el cielo, le parecía imposible que algún día pudiera volver a estar encerrada en una habitación subterránea, oscura, para siempre.

Percy, Matthew y Alia, por su parte, parecían perfectamente felices de vivir aquellos días en el bosque como si fueran unas largas vacaciones. No hablaban de la prisión; no hablaban de sus vidas antes de la prisión. Trepaban a los árboles, lanzaban piedras planas para que rebotaran en el arroyo, hacían dibujos en la tierra con ramas.

Hasta que una mañana, Nina metió la mano en la bolsa de comida para desayunar y cerró los dedos sobre... nada. Hundió la mano un poco más, con el estómago de repente revuelto de hambre. Sacó una caja pequeña y maltrecha de cereales y una cáscara vacía de cacahuete. Las dejó sobre sus rodillas y volvió a meter la mano.

Nada. Absolutamente nada. En la bolsa no quedaba ni una miga de una galleta mohosa.

—¡No nos queda comida! —jadeó Nina.

Los otros se quedaron petrificados. Percy, con media barrita de avena en alto, se quedó a punto de morder; Alia, con la manzana pegada a la boca. Matthew siguió masticando sus cereales, tan campante.

—¿Qué? —dijo, con la boca llena.

—¡Que se ha acabado la comida! —repitió Nina—. Lo que estáis comiendo ahora... ¡es lo último que tenemos!

—Entonces, ¿ya tienes listo el huerto? —preguntó Percy con toda tranquilidad—. Dijiste que podrías plantar uno aquí.

Nina lo miró con la boca abierta.

—Yo no... Quería decir... —¿Qué había prometido, desesperada, en la prisión, cuando planeaban la huida? ¿De verdad contaban los demás con que ella les diera de comer a todos? ¿Por qué no lo habían mencionado antes?—. Yo... Alia, dame las pepitas de esa manzana.

Obediente, Alia hincó las uñas en el corazón de la manzana y le dio a Nina tres pepitas marrones, sucias. Nina rascó la tierra a sus pies y cavó tres agujeritos, uno al lado del otro. Puso una pepita en cada uno. Luego cubrió las pepitas con tierra, dándole unas palmaditas, hasta que desaparecieron.

—Ya está —dijo—. Por lo menos tendremos más manzanas.

—¿Y eso cuánto tarda? —preguntó Percy.

Nina se quedó mirando la tierra, como si por mirarla mucho pudiera pasar algo de inmediato. Se temía que un manzano tardaba más de unos minutos en crecer. Mucho más. Y ya para dar manzanas...

—No lo sé —dijo, desolada—. No tengo ni idea.

Le daba la sensación de que podía tardar días, semanas, meses. Años.

—No sé nada de plantar comida —confesó—. Solo... pensé que ya nos apañaríamos cuando llegáramos. Esto es mejor que estar en la prisión, ¿no?

—En la prisión nos daban de comer —dijo Alia, con un hilillo de voz.

—Y nos iban a matar —replicó Nina, seca. Alia bajó la mirada. Percy y Matthew se miraron. A Nina se le hizo insoportable ver cómo intercambiaban miradas otra vez.

—Mirad, que soy una cría —suplicó—. No sé nada de nada. Mi abuela y mis tías... siempre me lo dieron todo hecho. Y cuando llegué al internado... bueno, allí no era precisamente que quisieran que pensáramos por nuestra cuenta. Había comida tres veces al día. Ni se nos pasaba por la cabeza de dónde salía.

Los otros tres no dijeron nada durante un momento. En el silencio, Nina oyó cómo el viento cambiaba de dirección entre los árboles.

—Nunca nos habías hablado de tu abuela y de... de tus tías —dijo Alia al fin—. Ni de tu escuela.

—No sabía si podía fiarme —admitió Nina—. Soy una tercera hija. Ilegal.

—Nos lo imaginábamos —dijo Percy.

Silencio otra vez. Luego Matthew añadió en voz baja:

—Nosotros también.

A Nina se le cortó la respiración. La última vez que había confesado que era una niña ilegal, y había oído a otra persona decir lo mismo, la Policía de Población la había detenido a la hora del desayuno. Miró fijamente los árboles, como si cualquiera pudiera estar escondiendo a un agente, esperando el momento justo para echarle mano. Pero no pasó nada. No se movió nadie.

—Es curioso, ¿no? —dijo Nina—. Hicieron ilegales a los terceros hijos por la comida. No había suficiente después de la sequía y las hambrunas. Pero cuando yo era ilegal, siempre aparecía comida para mí. Y ahora ya he pasado por dos identificaciones falsas y nos hemos quedado sin comida. Ahora soy legal —tengo una tarjeta que lo demuestra— y voy a morirme de hambre. Vamos a morirnos de hambre todos.

Ya entendía por qué aquellos últimos días habían parecido unas vacaciones: habían sido unas vacaciones... de la realidad.

Ninguno de ellos había querido mirar la verdad de frente. No bastaba con escapar de la Policía de Población. No bastaba con tener carnés falsos. Aun así estaban condenados. Era más fácil columpiarse en los árboles y hacer rebotar piedras en el agua que pensar en que, en cuanto la bolsa se quedara vacía, no tendrían nada que los mantuviera con vida.

—Nadie va a morirse de hambre —dijo Percy—. Ya se nos ocurrirá algo. ¿No sabes ninguna manera de averiguar cómo se planta un huerto?

Nina estuvo a punto de decir que no, pero entonces recordó cómo se le había ocurrido lo del huerto en primer lugar.

—Hay un chico —dijo—. En el internado de los chicos. Lee Grant. Él era el que sabía lo de los huertos. Si pudiéramos encontrarlo...

Nina les explicó cómo ella y sus amigos se habían reunido con el grupo del internado de los chicos. De algún modo, esta vez toda la historia le salió a borbotones: cómo ella, Bonner y Sally se habían creído mayores por quedar con chicos en el bosque; cómo se había enamorado de Jason; cómo él la había traicionado.

Los otros tres se quedaron callados durante mucho rato cuando terminó.

—Entonces, ¿de ese Lee Grant te puedes fiar o no? —preguntó Percy—. ¿Estaba de parte de Jason?

—No lo sé —dijo Nina, otra vez hundida—. Parecía majo, pero...

No terminó la frase. Jason también había parecido majo. Mucho más que majo. ¿Cómo iba a volver a fiarse de su propio criterio?

—Uno de nosotros tendrá que colarse en el internado y encontrar a ese Lee, para ver si es de fiar —dijo Matthew.

—A lo mejor incluso puede conseguirnos algo de comida de su internado —dijo Nina—. Igual a los chicos los alimentan mejor que a las chicas.

Se sentía más animada. Podía salir bien. Esperó a que Percy o Matthew se ofrecieran para colarse en el internado de los chicos. Matthew estaba más cerca de la edad de Lee Grant: si Matthew fingía ser un alumno nuevo, sería más probable que lo metieran en las mismas clases. Pero Nina pensaba que Percy era más listo: sabría qué hacer, cómo sonsacar a Lee para que se lo contara todo.

Pero ni Percy ni Matthew dijeron nada. Sorprendida, Nina miró a uno y al otro... y descubrió que los dos la estaban mirando a ella.

—¿Y bien? —dijo—. ¿Cuál de vosotros lo va a hacer?

Percy esperó un poco más y luego negó con la cabeza, exasperado, como si no se creyera que Nina no lo hubiera entendido ya.

—Eres la única que sabe cómo es ese Lee Grant. Y eres la única a la que él conoce, la única de la que se fiaría. Has de hacerlo tú —dijo.

—¡Pero si soy una chica! —protestó Nina—. ¡Es un internado de chicos!

—Te puedes esconder el pelo dentro de mi gorra —dijo Percy—. Y puedes ponerte la ropa de Matthew. Puedes fingir.

Nina se quedó mirándolo, pasmada. Se imaginó con la camisa raída de Matthew y sus vaqueros remendados, plantada en medio de los chicos de Hendricks con sus ropas elegantes. La detectarían al instante; la echarían en un segundo.

—No lo entiendes —dijo—. Yo no soy como vosotros. Yo nunca he tenido que... que espabilar para sobrevivir. Si alguien me para, no sabré qué decir. Por eso...

En el último momento logró frenarse antes de soltarlo todo. *Por eso no supe qué hacer cuando el hombre cruel me pidió que os traicionara. Estuve a punto de hacerlo.* En vez de eso, añadió, con un hilo de voz:

—Por eso debería ir otra persona, no yo. No podéis fiaros de mí.

—Nos fiamos de ti —dijo Alia en voz baja.

¿Cómo iba Nina a llevarle la contraria?

Capítulo 24

Ya estaba anocheciendo. La forma en que las sombras se alargaban entre los árboles le recordó a Nina otras tantas tardes que había pasado en el bosque, cuando ella y sus amigas se escabullían para encontrarse con Jason y sus colegas. Una vez más estaba agachada tras un árbol, observando y esperando. Una vez más afinaba el oído, pendiente del crujido de una rama, de la llegada del peligro. Una vez más el corazón le martilleaba en el pecho y cada fibra de su cuerpo estaba en tensión, con ese cosquilleo de emoción por el riesgo que estaba a punto de correr.

Pero esta vez se estaba preparando para salir del bosque, no para adentrarse en él. Se caló un poco más la gorra de Matthew y asomó la cabeza por un lado del tronco. Había elegido el anochecer como la hora más segura para su misión. Confiaba en que el internado de los chicos, igual que el de las chicas, tuviera por la tarde esas sesiones de adoctrinamiento soporíferas que los alumnos se pasaban durmiendo... o escaqueándose. En teoría, podía espiar la sesión, localizar a Lee Grant y apartarlo cuando todo el mundo estuviera saliendo. Eso esperaba. Llevaba haciendo planes desde la mañana.

Lo que no había previsto era hasta qué punto le asustaban las sombras. No solo las del bosque, sino también las que se extendían por el césped larguísimo entre los árboles y el Internado Hendricks para Chicos. Si quería encontrar a Lee Grant, tendría que cruzar corriendo aquella franja de sombras, a campo abierto, expuesta, donde cualquiera podría verla.

Una cosa era cruzar el césped del internado Harlow hasta el bosque con Sally y Bonner a su lado, emitiendo risitas nerviosas todo el camino. Ahora Nina sabía que, en realidad, no esperaban enfrentarse a ningún peligro de verdad: solo a una pálida imitación, a algo que pudiera resolverse enseñando un carné.

Nina también había sentido miedo al caminar a campo abierto con Alia, después de que las interrogaran aquellos dos policías en el puente. Pero Alia la había sacado del apuro de una manera tan... casi milagrosa, que Nina sabía que aquello le había dado una falsa confianza: pasara lo que pasara, Alia, o Percy, o Matthew podrían salvarla.

Pero esta vez los otros tres no iban a entrar con ella en el internado Hendricks. Esta vez estaba sola. Completamente sola.

Ahora entiendo por qué la abuela creía en Dios, pensó Nina. *¿Dios? ¿Puedes ayudarme a mí también?*

Nina fue avanzando despacio hasta el borde del bosque y luego se lanzó a correr, desesperada, por el césped.

Llegó al lateral del edificio más rápido de lo que esperaba. Se dio cuenta de que había corrido casi todo el trayecto con los ojos apretados, cerrados a cal y canto. Tuvo suerte de no haberse estampado contra la pared. Se giró, miró hacia atrás y no se creía haber cruzado todo aquel tramo, atravesando tantas sombras. Aspiró hondo y se aferró a un ladrillo del muro, como si eso pudiera mantenerla en pie.

—Una puerta —se susurró a sí misma—. Tengo que encontrar una puerta.

Deslizando las palmas de las manos por la pared, fue avanzando, mirando hacia delante. Para cuando llegó a la esquina, tenía las yemas en carne viva por el roce con aquellos ladrillos ásperos. No parecía estar pensando con claridad. ¿Había pasado por alto alguna puerta?

¿O era posible que todo un lado del edificio no tuviera ninguna entrada?

En vez de darse la vuelta, dobló la esquina.

Y allí había una plancha de metal, con un pomo metálico sobresaliendo. Una puerta y un pomo. Justo lo que estaba buscando.

Sin darse tiempo a acobardarse, agarró el pomo, lo giró y tiró de él.

Ante ella se abría un pasillo oscuro. Nina entró en el internado. La puerta se cerró a su espalda con un golpe sordo.

Si antes le latía el corazón con fuerza, ahora se le había disparado. Cada fibra de su cuerpo parecía gritarle: «¡Alerta! ¡Alerta! ¡Peligro! ¡Peligro! ¡Da media vuelta y vuelve a un lugar seguro!».

A Nina le sorprendió que su cerebro aún pudiera imponerse a aquella alarma, que aún consiguiera que sus pies avanzaran. Tropezó, pero no cayó, y siguió andando.

El pasillo oscuro terminaba en una T, con otro pasillo oscuro. Nina giró a la derecha primero; dudó; y luego se volvió. Por encima del martilleo en sus oídos, oyó chillidos y gritos que venían de la dirección contraria. En algún punto de aquel pasillo, unos chicos se reían y vociferaban a pleno pulmón.

No sonaba en absoluto a las charlas de adoctrinamiento que Nina conocía: un profesor viejo y aburrido soltando su sermón inútil desde la tarima. Esto sonaba a... a diversión.

Nina avanzó a hurtadillas hacia el ruido, y aceleró cuando se dio cuenta de que, con todo aquel jaleo, era imposible que nadie oyera sus pasos. Al final llegó a una puerta iluminada por la que salía todo aquel estruendo.

Se asomó con cautela desde la esquina, sacando la cabeza lo justo para ver más allá del marco.

Era una sala enorme, como el comedor del internado Harlow. Vio mesas y sillas apiladas contra la pared: seguramente era el comedor de los chicos, solo que aquella noche lo habían transformado en otra cosa, con chicos corriendo de un lado a otro y persiguiendo decenas de pelotas de goma por el suelo.

—¡Pásala aquí!

—¡No, no, estoy solo!

—¡Tírame la pelota!

Nina cerró los ojos y se retiró, volviendo a ocultarse tras el marco. Aquel juego la devolvió de golpe a un recuerdo de años atrás:

Era verano. El piso era un horno, así que la tía Lystra levantó de golpe las ventanas detrás de las persianas y ...y solo consiguió colar un suspiro de aire, que no aliviaba nada. Pero aquellas ventanas abiertas también hicieron que, por primera vez en la vida de Nina, el ruido de la calle de abajo sonara nítido. Oyó voces de niños canturreando: «Una patata, dos patatas, tres patatas, cuatro...». Oyó el golpe sordo de algo —¿una cuerda?— y pies saltando que caían sobre la acera, y voces que cantaban: «Mamá llamó al médico y el médico dijo...». Nina se quedó plantada en medio del piso sofocante, su cara iluminada de asombro.

—Ahí... ahí fuera hay más niños —tartamudeó asombrada—. Y están jugando. Están haciendo ruido y no pasa nada. Nadie les grita. ¿Puedo...?

Pero la pregunta se le apagó en la garganta, porque vio la respuesta en los ojos de su abuela, en los ojos de todas y cada una de sus tías. Otros niños podían jugar juntos en la calle y hacer ruido. Nina no. A Nina nunca le permitirían ser como los demás.

Nina se dejó caer al suelo, sin fuerzas.

¿Cómo era posible que a los chicos del internado Hendricks les dejaran divertirse? Nina recordó cómo las chicas de Harlow se sentaban como ratoncillos durante las clases, y cómo se deslizaban por los pasillos, muertas de miedo, listas para salir corriendo a esconderse ante la menor amenaza. A Nina le había costado días reunir valor para susurrarle a Sally y a Bonner por la noche, en la oscuridad del dormitorio. No se imaginaba gritándoles, lanzando la voz al otro lado de una sala bien iluminada y llena de gente.

Pero eso era justo lo que estaban haciendo los chicos.

Nina giró la cabeza y volvió a mirar. Esta vez consiguió contener un poco el asombro y fijarse en las caras. ¿Estaría Lee Grant entre aquellos chicos alborotados, gritando a pleno pulmón?

Los ojos de Nina iban saltando de un chico a otro: demasiado bajo, demasiado alto, demasiado moreno, demasiado rubio... ¿Sería capaz de recordar cómo era Lee?

Entonces alguien gritó:

—¡Bien, bien, pero recogedla más rápido!

Y reconoció la voz. O creyó reconocerla.

Giró la vista hacia el que había gritado. Estaba a un lado, moviendo los brazos y dando indicaciones a los demás. Parecía más alto de lo que Nina recordaba, aunque tal vez hubiera pegado el estirón en aquellos meses.

También había otra cosa distinta en él. No sabía decir el qué, pero lo bastante como para dudar, preguntándose si se habría equivocado. Quizá aquel chico parecía más relajado que el Lee que ella recordaba; quizá sonreía con una seguridad que antes no tenía. Nina no recordaba haberle visto sonreír nunca. No podía imaginarse al Lee que había conocido animando con orgullo:

—¡Eso es! ¡Eso es! ¡Has marcado!

Ni dándole una palmada en la espalda a otro chico, tan triunfal.

Nina retrocedió, apartándose de la puerta, confundida. Se quedó allí un buen rato, quieta, escuchando el estruendo del juego.

No podía hacerlo.

No podía acercarse a aquel chico extraño para pedirle ayuda. No era el chico que recordaba... y, aunque fuera Lee Grant, no lo había conocido lo suficiente; o había cambiado demasiado como para fiarse. Aquel chico caminaba con aire fanfarrón, rebosante de seguridad... tan pagado de sí mismo como el hombre cruel.

O como Jason.

Nina se alejó un poco más de la puerta, retrocediendo a hurtadillas por el pasillo. Llegó al otro corredor por el que había venido y prácticamente fue arrastrándose hasta la puerta que daba al exterior. Solo se incorporó lo justo para girar el pomo y, en cuanto pudo, se dejó caer en el suelo, fuera.

La última luz del anochecer se estaba apagando. A la izquierda, el bosque era una gran mancha de sombra. Nina no soportaba la idea de volver con Percy, Matthew y Alia en aquel momento. Sin mirar apenas, se fue alejando del edificio, hacia un grupo de plantas oscuras. Tal vez podría esconderse allí y contarles por la mañana lo cobarde que había sido.

Cuando llegó al borde de las sombras, algo se aplastó bajo sus pies y arrugó la nariz, con asco. Luego olisqueó.

Tomate. De pronto, el aire olía a tomate.

Nina se agachó, palpando a ciegas en la oscuridad. Notó tallos ásperos, flores delicadas, hojas puntiagudas. Y luego, unos objetos redondos. Tiró de uno y lo arrancó de la planta. Se lo acercó a la boca y lo mordió con cautela.

El sabor de un tomate fresco le estalló en la boca. Nina lo soltó, atónita. Echó a correr hacia el bosque, olvidándose de cualquier prudencia en medio de la alegría.

—¡Alia! ¡Percy! ¡Matthew! —gritó—. ¡He encontrado un huerto! ¡Estamos salvados!

Capítulo 25

Volvieron los cuatro con la linterna.

Ninguno tuvo cuidado. Iban pasando el haz de luz de una planta a otra.

—¡Mirad cuántos tomates!

—¡Y coles!

—¿Eso son judías verdes?

Matthew hizo un descubrimiento asombroso cuando tropezó con una raíz y, sin querer, volcó una planta de hojas verdes. Por debajo colgaba una patata enorme, arrancada de su escondite bajo tierra. Viendo aquello, Nina tiró de otras plantas y encontró más patatas. Se las zampaban crudas, y les daba igual. También encontraron zanahorias enterradas, que se comieron sin molestarse siquiera en limpiarlas.

Cuando por fin se quedaron llenos, Percy paseó la linterna por el desastre: plantas volcadas, tallos tirados, huellas marcadas en la tierra.

—Alguien va a darse cuenta —dijo.

Nina pasó los dedos por el suelo, desdibujando una huella.

—Borraremos el rastro —dijo—. Como hicimos en el bosque.

Hicieron varios viajes, llevando todas las plantas arrancadas hasta el bosque para esconderlas. Enterraron los tomates aplastados que habían tirado al suelo sin querer; recogieron todas las hojas sueltas y todos los tallos que habían dejado por ahí.

—Ahí —dijo Percy, dejando que el último terrón de tierra se le escurriera entre los dedos, cubriendo la última planta pisoteada—. ¿Así estaba antes?

Nina fue pasando la linterna de un lado a otro. Las bolitas rojas y verdes brillaban de manera inquietante entre las tomateras. Las hojas de las patatas que quedaban proyectaban sombras sobre los hoyos que habían tapado con tanto cuidado.

—No lo sé —dijo, dudosa.

Era difícil acordarse de cómo estaba el huerto al principio; tenía tanta hambre y se había sentido tan feliz ante la idea de comer...

—Creo que la próxima vez tendremos que ir con más cuidado.

Se internó de nuevo en el bosque con los otros tres chicos. De pronto, los cuatro estaban apagados, agotados después de aquel estallido de emoción.

A partir de entonces, cada noche iba uno de ellos al huerto y cogía comida para un día. Procuraban no arrancar más de un tomate de cada planta y no desenterrar más de una patata de cada hilera. Se mantenían alejados de las coles, porque llevarse una col enorme dejaría un boquete visible que cualquiera podría notar. Pero aun así había comida de sobra. Nina solo deseaba que alguna planta diera pan o fruta: empezaba a estar harta de las verduras.

—Si al menos pudiéramos cocer las patatas... —se quejó una tarde mientras comían judías verdes crudas.

—Alguien vería el fuego —dijo Matthew—. Nos encontrarían.

Percy se encogió de hombros.

—Por lo menos tenemos comida.

Nina suspiró. Ojalá alguno de los otros se quejara, aunque fuera una sola vez: de lo incómodo que era dormir sobre raíces y hojas que pinchaban y picaban; de la lluvia que les había caído encima durante media noche;

del regusto a barro del agua que bebían del arroyo. Pero, por cómo se comportaban, parecía que el bosque era un palacio y las verduras crudas, comida de lujo. Una vez más, se preguntó cómo habría sido su vida antes de que la Policía de Población los capturara.

—¿Y en la ciudad qué comíais, cuando vivíais en la calle? —preguntó.

—Lo mismo que todo el mundo —dijo Percy, sacudiéndole la tierra a una zanahoria.

—A veces encontrábamos donuts en la basura detrás de una panadería —dijo Alia, soñadora, como si fuera uno de sus recuerdos más queridos.

Nina se estremeció.

—¿Y no sacabais dinero vendiendo carnés falsos? —preguntó—. ¿Cómo lo hacíais, además?

—Digamos que era una actividad sin ánimo de lucro —dijo Matthew—. ¿A alguien le importa si me como la última patata?

Nina sabía reconocer cuándo le cerraban una puerta en las narices. Por el tono de Matthew, entendió perfectamente lo que quería decir: «No hagas más preguntas». Y aun así las hizo.

—¿Creéis que podríais volver a hacerlo? —preguntó—. Podría ayudaros. ¿Por qué pensabais que no podíais regresar a la ciudad y vivir otra vez en la calle? Podría ir con vosotros... podríamos trabajar juntos... A lo mejor incluso volvemos a encontrar donuts.

Sonrió un poco hacia Alia. De pronto, todo le pareció posible... incluso lo de comerse donuts sacados de la basura. El bosque y las verduras crudas eran algo temporal. Tenían que hacer planes más allá del día siguiente. Cuando el huerto se agotara... cuando llegara el invierno... tenían que estar preparados.

—Nos detuvieron cuando vivíamos en la ciudad, ¿recuerdas? —dijo Percy con dureza—. Alguien nos traicionó. No sabemos quién. Así que no podemos volver. No sabríamos en quién confiar.

Nina parpadeó para contener las lágrimas; no quería que los demás se dieran cuenta. Se puso en pie.

—Iré yo al huerto esta noche —murmuró—. Me toca.

Sin ganas, fue abriéndose paso entre los árboles y salió al césped que llevaba al huerto. Se había olvidado la linterna, pero daba igual. Todavía era pronto para ir. La sombra del internado de chicos apenas empezaba a alargarse por el césped. Los tomates rojos relucían en los últimos rescoldos del crepúsculo.

—Tomates, patatas, judías y zanahorias —murmuró Nina para sí.

Comparado con eso, hasta unos donuts rescatados de un contenedor sonaban bien. Llegó al límite del huerto y cogió su primera verdura: un pepino, solo por variar.

Saber que alguien había traicionado a los otros tres la hizo sentirse peor que nunca. Aunque su historia le hubiera llegado solo a retazos, ahora sentía que los entendía un poco más. Con razón no habían querido fiarse de ella al principio, cuando el hombre cruel la metió en la celda con ellos. Quizá debería contarles el resto de lo suyo, lo que pasó después de que Jason la traicionara. Quizá debería contarles también que el hombre cruel quería que ella los traicionara. A lo mejor entonces...

Nina no sabía qué ocurriría si se lo contaba todo. Puede que solo les diera algo que usar contra ella.

El mundo parecía estar lleno de traiciones. Demasiadas.

Nina arrancó una mazorca de una de las plantas del borde del huerto. Apartó las hojas, preguntándose si dentro habría algo que mereciera la pena comerse. Hasta entonces, ninguna de las mazorcas había sido comestible, pero Nina aún tenía esperanza. Se llevó a la boca los granitos diminutos, mordió y mascó pensativa.

No estaba mal.

Miró hacia la siguiente hilera de maíz, esperando encontrar mazorcas más grandes.

Y entonces se quedó petrificada.

Allí, entre los tallos de maíz, había un chico con la cara contraída por la rabia, mirándola con odio.

—¡Tú! —siseó—. ¡Eres la que ha estado robando en mi huerto!

—No, espera, puedo explicarlo...

Pero el chico se abalanzó sobre ella, la agarró por las muñecas. Otro chico apareció por detrás y le sujetó con fuerza el brazo derecho. Nina miró de uno a otro. Ahora sí: los reconocía a los dos.

—¡Lee! ¡Trey! —gritó—. ¿No os acordáis de mí? Soy Nina. Antes nos veíamos en el bosque...

—Sí. Y luego ayudaste a Jason a intentar traicionarnos —le escupió Lee.

—¡No! ¡Yo no! —exclamó Nina.

Pero no sirvió de nada. Se la estaban llevando a rastras.

Capítulo 26

Nina intentó clavar los talones para frenarlos. Forcejeó, tratando de zafarse y soltarse de las manos de los chicos. Los recordaba a los dos como críos flacuchos y enclenques; al lado de la fuerza bruta de Jason parecían conejillos. Pero, por algún motivo, habían ganado músculo. Y por mucho que se retorciera, era inútil.

Lee y Trey la arrastraron —a medias tirando de ella, a medias cargando con ella— más allá del internado y por un camino de entrada. Luego se desviaron por un sendero. Delante de ellos se alzaba una casita de piedra. Nina hizo un último intento por soltarse de golpe, pero ellos no hicieron más que sujetarla con más fuerza.

—¿Adónde me lleváis? —exigió Nina.

—Con el señor Hendricks —dijo Lee, tajante.

Nina se preguntó quién sería el señor Hendricks. Nunca se le había pasado por la cabeza que el Internado Hendricks para Chicos pudiera llamarse así por una persona de verdad. ¿Existiría también un señor Harlow? ¿Una señora Harlow?

No sabía cómo podía ponerse a pensar en esas cosas en un momento así. Ya estaban delante de la casita, y Lee golpeó la puerta con los nudillos.

—¡Señor Hendricks! ¡Señor Hendricks! ¡Hemos encontrado a la ladrona!

La puerta se abrió. Nina miró al frente y no vio a nadie. Entonces bajó la vista, como estaban haciendo los chicos.

Delante de ellos había un hombre en una silla de ruedas.

—Vaya, vaya —dijo.

Lee tiró del brazo de Nina y la metió en la casa.

—Y bien, jovencita... ¿qué tienes que decir en tu defensa? —preguntó el señor Hendricks cuando los tres estuvieron frente a él, en el recibidor.

Nina abrió la boca, pero no le salió nada.

—Seguro que tienes algo que decir, alguna explicación —insistió el señor Hendricks.

—No sé qué decirle —soltó Nina de golpe—. Ni siquiera sé de parte de quién está usted.

El señor Hendricks soltó una risita.

—Entonces supongo que tendrás que decirme la verdad —dijo.

Todos esperaron. Nina apretó los dientes con fuerza. Ya estaba, se acabó. Aquel señor Hendricks llamaría sin duda a la Policía de Población y la arrestarían otra vez. Y esta vez, estaba segura, el hombre cruel no le daría más oportunidades para demostrar nada.

Lo único que podía esperar Nina era que, de algún modo, Percy, Matthew y Alia se libraran. Tendría que avisarles como fuera...

—Así que no piensas hablar —dijo el señor Hendricks—. Pues quizá mis jóvenes amigos puedan contarme lo que han visto, y a partir de ahí...

—Señor... —empezó Lee—. La pillamos comiéndose nuestro maíz. Y estaba metiendo un montón de nuestras verduras en esa bolsa.

Nina se dio cuenta de que aún llevaba colgada al cuello la vieja y apestosa bolsa de arpillera. Y rápidamente, antes de que a alguien se le ocurriera preguntar cómo era posible que una sola chica se hubiera comido tanta comida, soltó:

—Tenía hambre. Mucha hambre.

—Ah —dijo el señor Hendricks—. Por fin oímos una excusa.

Entrecerró los ojos, como si estuviera mirando a lo lejos. Negó con la cabeza, apenas un gesto; su espeso pelo blanco casi no se movió.

—Chicos, creo que a partir de aquí puedo encargarme yo —dijo—. ¿Por qué no la lleváis al salón y luego volvéis a vuestros puestos?

Nina se preguntó qué significaba exactamente eso de «volver a vuestros puestos». Los dos asintieron. Lee tiró del brazo de Nina y masculló:

—Vamos.

Cuando llegaron al salón —el lugar más elegante que Nina había visto en su vida, abarrotado de muebles de madera maciza—, Lee empujó a Nina medio a la fuerza hacia un sofá. Nina pensó que probablemente no volvería a ver a Lee.

—Lee —susurró—. Seguramente no me creas, pero... yo no intenté traicionarte. No sabía lo que estaba haciendo Jason. ¿Podrías... podrías decírselo a los demás? Para que se acuerden de mí como es debido.

Lee no dijo ni sí ni no; solo giró sobre sus pasos. Nina ni siquiera estaba segura de que la hubiera oído.

No esperaba que nadie tuviera una gran opinión de ella: no era Jen Talbot, la heroína de la causa de los terceros hijos en todas partes. Pero al menos quería que Sally y Bonner no pasaran el resto de sus vidas creyendo que ella era una traidora. Quería que, si algún día los chicos de Hendricks y las chicas de Harlow volvían a reunirse en el bosque, no se contaran historias de Jason y Nina como si fueran lo mismo: igual de falsos, igual de malvados.

Cuando Lee y Trey se hubieron marchado, el señor Hendricks entró en el salón avanzando en su silla de ruedas. Dejó la puerta de madera casi cerrada tras él.

—Bien —dijo—. Quizá sin público estés más dispuesta a hablar.

La mirada de Nina se paseó nerviosa por la habitación, fijándose en la puerta sin echar el pestillo, en el vidrio grueso de las ventanas, en los marcos de fotos y los adornos pesados sobre las mesas. Buscaba una salida. Y quizá también un arma. ¿Qué pasaría si le tiraba un pajarito de cerámica a un hombre en silla de ruedas? ¿Conseguiría golpearle con él? ¿Serviría de algo?

Nina examinó al señor Hendricks con atención. A pesar de su pelo blanco, no parecía un viejo frágil y achacoso. Incluso se le pasó por la cabeza que la silla fuera un engaño, para hacerle creer que podría reducirlo sin problemas. A lo mejor era tan fuerte y musculoso como Lee y Trey. A lo mejor...

La vista de Nina bajó hasta los pies del señor Hendricks... o, mejor dicho, hasta el hueco vacío donde deberían estar. No tenía pies.

No puede perseguirme, pensó Nina. *Si consigo escapar...*

Pero pediría ayuda. En cuestión de minutos tendría a medio internado buscándola.

Solo necesito unos minutos para avisar a Percy, Matthew y Alia...

—¿Y bien? —dijo el señor Hendricks.

Nina se levantó de un salto del sofá, agarró por detrás la silla de ruedas y la volcó hacia delante, tirando al señor Hendricks al suelo. Salió disparada por la puerta del salón, cruzó la entrada, salió por la puerta principal y bajó los escalones a la carrera.

Le preocupaba toparse con Lee y Trey —¿cuáles serían sus *puestos*? ¿por el huerto?—, pero iba tan deprisa que no podía fijarse en nada. No podía estar pendiente de ellos ni de nadie.

Casi sin darse cuenta, estaba abriéndose paso entre los árboles, corriendo hacia el claro donde había dejado a los demás esperando la comida.

—¡Percy! ¡Matthew! ¡Alia! —gritó—. Tengo que advertiros... —Le costaba hablar entre jadeos.

Alia apareció de detrás de un árbol.

—¡Nina! —la regañó—. Estás haciendo demasiado ruido. ¡Alguien te va a oír!

—D... da igual... —jadeó Nina. Se detuvo y cogió aire. Vio que Matthew y Percy la observaban desde las sombras, detrás de un arbusto—. Me han pillado. He conseguido escapar, pero seguro que ya me están buscando. Tenía que avisaros... —Inspiró hondo. Notaba la cabeza todavía embotada, como si le faltara oxígeno—. Este lugar ya no es seguro. Tenéis que iros a otra parte. Pero lo conseguiréis. Vosotros sois listos.

—Nina —protestó Alia—. Entonces ven con nosotros...

—No —dijo Nina—. Yo sería... un peligro para vosotros. Ahora ya saben que tienen que buscarme. Seguramente no me queda mucho tiempo. Pero quería decíroslo... el hombre cruel. En la cárcel. Me metió en vuestra celda para que os traicionara. Quería que yo le contara todos vuestros secretos. Y podría haberlo hecho. Si no hubiéramos escapado, yo...

—Pero no lo hiciste —dijo Matthew—. No le contaste nada a la Policía de Población.

—Quise hacerlo —dijo Nina—. Jason me traicionó, y yo quería hacerle daño a alguien más. Y quería salvar el pellejo...

—No pasa nada —dijo Alia, acercándose un paso.

—Y no os culpo por no fiaros nunca de mí —siguió Nina—. No era de fiar. Incluso aquella primera noche en el bosque, cuando se suponía que tenía que hacer guardia, me quedé dormida. —Qué alivio decirlo. Incluso eso—. Yo tampoco me fiaba de vosotros —añadió—. La última vez que tuve amigos, no me ayudaron en nada cuando me detuvieron. Así que pensé...

Nina estaba llorando. Entre que la habían pillado y que había salido corriendo —y, seguramente, también porque llevaba días sin comer otra cosa que verduras—, se sentía mareada, aturdida. Pero necesitaba contárselo todo. Y las palabras le salían a borbotones. Probablemente los otros no entendían ni la mitad. Historias de jugar a las muñecas con la tía Zenka se mezclaban con historias de quedar en el bosque con los chicos del Internado Hendricks para Chicos, junto a Sally y a Bonner.

—Quiero que sepáis también mi nombre de verdad —dijo Nina—. Me llamo Elodie. Cuando os acordéis de mí, acordaos de Elodie.

El bosque estaba a oscuras cuando Nina terminó de hablar. Tuvo suerte de que no la hubieran encontrado antes. No veía las caras de los otros, no podía saber qué pensaban de aquel torrente de palabras. Pero, casi por primera vez desde que la habían detenido, Nina estaba segura de haber hecho exactamente lo correcto. Ahora los demás estarían a salvo. Y ella les había dicho la verdad.

—Deberíais iros ya —dijo—. Ah... toma—. Se quitó del cuello la bolsa mugrienta de la comida y se la tendió a Alia. —No queda gran cosa pero... bueno, más vale poco que nada, ¿no?

Las lágrimas le corrían por la cara. Se inclinó y estrechó a Alia en un abrazo. Percy y Matthew se acercaron también y rodearon a las dos con los brazos. Los cuatro se quedaron juntos, balanceándose un poco, sosteniéndose unos a otros.

Nina tenía los ojos cerrados, apretándolos para contener las lágrimas. Pero de pronto, entre el llanto, vio un destello de luz a la derecha. Se separó del abrazo y miró hacia una linterna que se movía entre los árboles. Luego vio otras, cada vez más cerca, cerrando el círculo.

—¡Me están buscando! —siseó—. ¡Idos! ¡Escondeos lejos de mí!

Nina no tuvo tiempo de asegurarse de que los otros se hubieran perdido de vista porque, apenas unos segundos después, una linterna le dio de lleno en la cara y una voz potente exclamó:

—¡Nina Idi! ¡Qué casualidad encontrarte aquí!

Era el hombre cruel.

Capítulo 27

Aterrada, Nina se giró para echar a correr. Pero algo le arañó el brazo, algo se le enganchó a la pierna. Cayó de bruces y quedó extendida en el suelo.

—¡Soltadme! —bramó. Pero no era nadie: solo una enredadera que se le había liado al tobillo y una rama que le había arañado el brazo. Nina intentó incorporarse a trompicones, pero ya era tarde. La linterna la deslumbró, y cuando volvió a oír la voz del hombre cruel, la tenía prácticamente pegada a la oreja.

—Nina, Nina, Nina —dijo—. Se acabó.

Nina forcejeó para sentarse. Y entonces cayó en la cuenta: era Percy quien la sujetaba del brazo; era Matthew quien le agarraba la pierna.

Ellos también la habían traicionado. La estaban entregando al hombre cruel.

Alia se colocó junto a los chicos, sonriéndole. A Nina se le llenaron los ojos de lágrimas. Alia no. Alia también, no. No podía soportar la idea de que Alia la hubiera traicionado.

—No... —gimió Nina. Y luego gritó—: ¡No!

Le daba igual quién la oyera. Detrás del hombre cruel distinguía las siluetas de quizá una decena de personas, todas con linternas apuntándole. Tenían las caras completamente en sombra; era imposible distinguirlos.

Alia se inclinó hacia el círculo de luz, junto a Nina.

—Ahora estás a salvo —dijo Alia, alegre—. Has pasado la prueba.

Nina negó con la cabeza con todas sus fuerzas; no quería creer lo que tenía delante.

—Alia, corre —susurró Nina. No tenía claro qué deseaba más: que la niña estuviera a salvo, o que Alia, al menos, demostrara que también tenía miedo y que no había ayudado a traicionarla. Pero Alia no se movió. Nina quiso pensar que no la había oído—. Alia, tienes que escapar. Ese hombre es de la Policía de Población. ¡Es el hombre cruel!

—No, no lo es —dijo una voz conocida desde la oscuridad—. Solo finge que trabaja para la Policía de Población. Es el señor Talbot. El padre de Jen Talbot.

Lee Grant dio un paso al frente y se agachó junto a Nina.

—¿Recuerdas quién es Jen Talbot?

—Claro que me acuerdo —saltó Nina—. Es la heroína de la causa de los terceros hijos. Jason no paraba de hablarnos de ella. Pero...

De pronto se preguntó si eso también sería mentira; si no habría existido nunca ninguna Jen Talbot, o si no era ninguna heroína. Aturdida, Nina miró a las caras que la rodeaban. Todos avanzaron, apretándose a su alrededor. Percy y Matthew la levantaron para que pudiera ver, en vez de sujetarla para que no se moviera. Lee, Trey y algunos chicos más del Internado Hendricks para Chicos se agrupaban a la derecha.

El hombre cruel —¿el señor Talbot?— se aclaró la garganta.

—Es verdad lo que ha dicho Lee —empezó—. Soy un agente doble que trabaja para la Policía de Población, pero solo para sabotearlos desde dentro. A comienzos de primavera me encontré ante un dilema. Un chico del Internado Hendricks para Chicos le dijo a la Policía de Población que sabía de varios niños ocultos del internado que usaban identidades falsas y fingían ser legítimos.

Si conseguía convencer a la Policía de Población de que decía la verdad, sabía que morirían varios niños. Gracias a ese joven, Lee Grant —señaló hacia la derecha—, y también a unos administradores que supieron reaccionar con rapidez, logramos frustrar su plan. Pero ese chico... Jason, como todos sabéis... aseguró que tenía una cómplice en el internado de chicas: Nina Idi. Tú. Y por eso te detuvimos también. Sin embargo, cuanto más tiempo pasé interrogándote, más convencido estaba de que eras inocente y de que no sabías nada del plan de Jason. Pero no podía estar completamente seguro, y era cuestión de vida o muerte que yo lo estuviera, de manera absoluta, al cien por cien.

—Sí. Mi vida. Mi muerte —murmuró Nina, todavía demasiado aturdida para pensar con claridad.

—Y la de muchos otros —dijo el señor Talbot—. Tú conocías la verdad sobre decenas de chicos.

Todas las chicas del Internado Harlow para Chicas, pensó Nina. *Y un montón de chicos de Hendricks. Yo sabía que habían sido niños ocultos. ¿De verdad pensaban todos que yo podría traicionarlos?*

—Por esas mismas fechas, un confidente de la Policía de Población en la capital delató a tres chicos implicados en la fabricación de carnés falsos: Percy, Matthew y Alia. Me pareció que, de momento, estaban más seguros en prisión que en la calle. Su protector, Samuel Jones, había muerto en la manifestación por los derechos de los terceros hijos, en abril.

—Así que eso era *Sa...* —dijo Nina, casi para sí—. Una vez estuviste a punto de decir su nombre.

—Él acogía a terceros hijos —susurró Alia—. Cuando nuestros padres nos abandonaron nos crio. Cuidó de nosotros.

—Yo creía que decías que era Dios quien cuidaba de vosotros —se burló Nina.

Le salió con el mismo tono que el de la tía Lystra cuando se ponía en plan incrédula.

—¿Y tú para quién crees que trabajaba Samuel? —dijo Alia.

Nina siguió negando con la cabeza, como si así pudiera desmentir todo lo que estaba oyendo.

—Percy y Matthew le habían prometido a Samuel no ir a la manifestación para proteger a Alia —dijo el señor Talbot—. Por eso se libraron. Y, cuando llegó la traición, eran los únicos que quedaban: los únicos a los que podían delatar. Más tarde, en la cárcel, aceptaron ayudarme a ponerte a prueba para saber de una vez en qué bando estabas. Si los traicionabas, quedaba claro que no podíamos fiarnos de ti. Si los protegías... te sacaríamos de allí.

Nina soltó el aire de golpe; por fin empezaba a encajarle lo que decía. Si el hombre cruel no estaba realmente de parte de la Policía de Población... si era un agente doble que trabajaba contra ellos... entonces todo cobraba sentido.

—O sea, que si yo les hubiera dado la espalda, intentando salvarme... ¿me habrían matado? —preguntó Nina.

—Sí —dijo el señor Talbot.

Nina pensó en lo cerca que había estado de traicionar a los demás, en lo miserable que se había sentido en la cárcel, en lo dispuesta que había estado a hacer casi cualquier cosa con tal de salvarse.

—No lo hice —dijo—. Podría haberlo hecho, pero no lo hice.

—Pero tampoco te negaste a traicionarlos —dijo el señor Talbot—. No te comprometiste en un sentido ni en otro. Tuvimos que añadir una parte más peligrosa a la prueba.

Nina no entendía a qué se refería. Y entonces recordó al guardia, Mack, desplomado sobre la mesa, y el llavero deslizándose justo hacia ella.

—Nos dejaron escapar —acusó Nina, como si fuera un delito—. Dejaron que cogiera las llaves y tuviera una salida, y me hicieron creer que lo estaba descubriendo todo por mí misma. Es más... apuesto a que Mack ni siquiera había sido envenenado.

El señor Talbot soltó una risita.

—No, pero lo interpretó muy bien, ¿a que sí?

—Y luego... —Nina seguía atando cabos— los otros tres sabían que yo podía ofrecerme a ayudarles a escapar. ¿Por qué no bastó con eso? ¿Por qué no confiaron en mí entonces?

Pensó en las últimas... ¿semanas? durmiendo a la intemperie, sobreviviendo con comida rancia y mohosa o verduras crudas llenas de tierra. Podría haberse ahorrado todo aquello.

—Aún no lo teníamos claro —dijo Percy, con su tono lógico de siempre—. Podía ser que solo nos llevaras contigo porque te daba miedo seguir sola. Podías estar utilizándonos.

Nina recordó lo poco que se habían alterado cuando se quedaron sin comida, lo poco que les importaba hacer planes para el futuro. Con razón. Estaban esperando a que ella... A que ella demostrara de qué pasta estaba hecha.

—Cuando nos encontramos con aquellos *policías* junto al río... —dijo Nina.

—Eso también formaba parte de la prueba —dijo el señor Talbot—. No eran policías. Eran personas que trabajan por nuestra causa.

—¿Y pasé esa prueba? —preguntó Nina.

—En parte —dijo el señor Talbot—. No intentaste delatar a los otros. Pero seguíamos sin tener claras tus razones.

Nina se estremeció al pensar lo vigilada que había estado todo el tiempo. Cada vez que se quejaba de aquellas *camas* de piedras y raíces en el bosque. Cada vez que protestaba por las verduras llenas de tierra.

—Apuesto a que los demás estaban consiguiendo comida en otro sitio —dijo.

—No mucha —murmuró Alia, bajando la mirada. Luego alzó la vista y miró a Nina con los ojos encendidos—. Yo creía que eras buena. Quería decirlo. Pero ellos —señaló a Percy, Matthew y al señor Talbot— decían que tenía que esperar hasta que tú lo contaras todo. Hasta que nos dijeras que se suponía que ibas a traicionarnos para la Policía de Población.

—Eso lo he dicho esta noche... —dijo Nina, como si todavía le costara creerlo. Volvió a mirar el círculo de gente, el círculo de luz recortado contra el bosque oscuro.

Recordó lo desesperada que había estado apenas unos minutos antes, corriendo hacia los árboles. Ni siquiera estaba pensando en salvarse. Solo quería salvar a Percy, a Matthew y a Alia.

Pero no le habían importado tanto cuando los conoció, cuando les ofreció una oportunidad de escapar, cuando vio a los falsos policías junto al río.

—Me ha dado usted un montón de oportunidades —le dijo Nina al señor Talbot.

—Pensé que las merecías —dijo él—. No te merecías lo que te pasó antes.

Nina recordó el día en que la detuvieron; cómo nadie dijo nada en su favor mientras ella avanzaba por el comedor. Recordó lo mucho que había confiado en Jason... y cómo él la había traicionado. No, no se lo merecía. Nadie se merece algo así. Lo que Nina sí merecía era el cariño de su abuela y de sus tías, la manera en que la habían querido; la manera en que la habían escondido aunque pudieran haberlas matado por ello.

Pero Alia, Percy y Matthew tampoco se merecían que los traicionaran. No se merecían semanas en una celda oscura, ni semanas durmiendo al raso sobre piedras, ramas y hojas que picaban. Y aun así lo habían aguantado. Por ella. Habían aceptado aguantarlo incluso antes de saber si era buena o mala.

A Nina se le llenaron los ojos de lágrimas, pero esta vez no eran de miedo, ni de pánico, ni de pena. Eran lágrimas de alegría.

—Gracias —susurró.

Y aquellas palabras parecieron abarcar a todos los que tenía delante: Percy, Matthew y Alia; el señor Talbot; incluso Lee y Trey. Pero eran más que eso. Su susurro parecía echar a volar por la noche, atravesando la oscuridad. En algún lugar, muy lejos, Nina hasta podía imaginarse a su abuela y a sus tías oyéndola también.

Capítulo 28

Nina estaba junto a Lee Grant, arrancando mazorcas de una hilera de maíz.

—Deja que crezcan las pequeñas —le advirtió Lee—. Solo necesitamos lo justo para el banquete de esta noche.

—¿Solo? —se rio Nina—. ¡Van a venir veinte personas!

—Pues cuarenta mazorcas —replicó Lee—. Tampoco es tanto. En mi casa, cuando mi madre se ponía a hacer conservas de maíz, solíamos recoger...

—¿Cuarenta millones? —se burló Nina.

Desde que la habían atrapado, Nina se alojaba en casa del señor Hendricks con Percy, Matthew y Alia. Pero también pasaba mucho tiempo con Lee, y ya le había escuchado decenas de historias que empezaban con «En mi casa...». No sabía cómo sería en el Internado Harlow para Chicas, pero en Hendricks los chicos no se esforzaban tanto por fingir sus identidades falsas. Decían la verdad más a menudo.

Nina arrancó otra mazorca.

—Además, olvídate de que sean cuarenta —dijo ella—. Si calculas dos por persona, eso son solo treinta y ocho. Creo que no voy a poder volver a comer maíz en mi vida, después del susto que me diste en el huerto la semana pasada, cuando estaba mordiendo una mazorca.

—Pues más para mí —dijo Lee, haciendo el payaso mientras fingía acaparar todo el maíz que habían recogido hasta entonces.

Nina se preguntó si así se comportaban los niños normales: los que nunca habían tenido que esconderse. Supuso que ahora tendría ocasión de averiguarlo. A ella, a Percy, a Matthew y a Alia los iban a enviar a otro internado, uno en el que los terceros hijos con carnés falsos convivían con primogénitos y segundones. Por eso celebraban un banquete aquella noche: era a la vez una fiesta y una despedida.

—Después de lo que ha pasado, el Internado Harlow para Chicas probablemente ya no sea el mejor sitio para ti —le había dicho el señor Hendricks a Nina.

A Nina le volvió de golpe el recuerdo de aquel pasillo espantoso hecho de ojos, mirándola mientras caminaba hacia su condena.

—Yo... creo que podría perdonar a las otras chicas —había dicho—. Ahora.

—Pero ¿están ellas preparadas para perdonarte a ti? —preguntó el señor Hendricks—. Por mucho que tú las tranquilices, por mucho que las autoridades las tranquilicen, siempre habrá alguien que sospeche que te has librado por los pelos, que en realidad sí estabas con Jason. Ellas no han... crecido como tú.

Y Nina lo entendió. Ya no era la niña enamoradiza y fácil de asustar que había sido en Harlow. Por eso le gustaba hablar ahora con Lee. Él también había madurado mucho. Los demás chicos lo admiraban. Ni siquiera lo llamaban Lee: casi siempre era L. G., y lo decían con respeto, como si fuera un título.

Nina seguía llamándolo Lee. No le gustaba que cambiaran demasiadas cosas.

—Nina —dijo Lee entonces, mientras pelaba despacio las hojas de una mazorca para comprobar si estaba podrida—. Antes de que te vayas mañana, hay algo que llevo tiempo queriendo decirte.

—¿Qué?

Lee tiró la mazorca al montón con las demás; debía de estar bien.

—He estado pensando en Jason —dijo.

A Nina se le tensó el cuerpo solo de oír aquel nombre. Quizá pudiera perdonar a sus amigas de Harlow, pero todavía no estaba preparada para perdonar a Jason.

—¿Y? —preguntó.

De un tirón limpio, Lee arrancó una mazorca de otra planta.

—He pensado en lo que le oí decir por teléfono a la Policía de Población aquella noche, cuando estaba delatando a todo el mundo. Lo dijo de una manera que parecía que tú estabas con él.

—Ya —dijo Nina—. Por eso acabé en la cárcel.

No consiguió ocultar la amargura en su voz.

—Pero no creo que Jason dijera eso para meterte en líos —continuó Lee—. No esperaba que lo detuvieran, ni que te detuvieran a ti. Lo que quería era que arrestaran a los terceros hijos ilegales con carnés falsos. Creo que... creo que, en realidad, estaba intentando salvarte.

Nina se echó hacia atrás, como si le hubieran dado un golpe, demasiado aturdida para decir nada. Al ver su expresión, Lee se apresuró a seguir.

—¿No lo ves? —dijo—. No tendría ningún sentido que Jason dijera que tú estabas con él si lo que quería era meterte en problemas. Él pensaba que a él, y a ti, os iban a recompensar. Estaba... estaba intentando asegurarse de que nadie te delatara nunca más. Mira: si dentro de años alguien te acusaba de ser ilegal, él podría aparecer y decir: «¿Nina? ¿Cómo va a ser Nina una paria? ¡Si ayudó a delatarlos!».

Lee imitó tan bien la voz de Jason que por un momento Nina casi se lo creyó. Casi.

—Jason hizo algo horrible. Algo malvado. Quería que murieran niños inocentes —dijo con dureza.

Tiró de una mazorca con tanta fuerza que arrancó la planta entera de cuajo.

Lee frunció el ceño, pero no dijo nada de sus queridas matas de maíz.

—Ya. Créeme, yo también estaba furioso con Jason. Pero solo digo que... no creo que fuera del todo malo. Creo que..., eh, de verdad le gustabas. Y que por eso intentaba salvarte.

Nina se quedó quieta, intentando darle sentido a lo que decía Lee. Era como darle la vuelta a todo lo que había creído durante los últimos meses. ¿Cómo iba a aceptar esa explicación? ¿Cómo podía Jason ser tan malvado y, aun así, intentar salvarla?

Durante un minuto estuvo a punto de creérselo. Y entonces lo recordó.

—El señor Talbot tenía una cinta —dijo Nina, apagada—. De Jason confesando. Y él mentía, echándome la culpa de todo... diciendo que era yo la que quería delatar a los parias.

—El señor Talbot pudo haber trucado esa cinta —dijo Lee—. Lo he visto falsificar fotos.

—Pero era la voz de Jason —dijo Nina—. Lo oí. ¡Oí la cinta!

Lee se volvió hacia el huerto.

—Pues pregúntaselo —dijo, encogiéndose de hombros.

Nina se quedó quieta un instante. Luego dejó caer el maíz y echó a correr. La invadió una oleada de esperanza. Entró como una exhalación en la casa del señor Hendricks y se lanzó al salón, donde el señor Hendricks y el señor Talbot estaban hablando en voz baja.

—La cinta —dijo—. La de Jason traicionándome. Mintiendo. ¿Era de verdad?

El señor Talbot se giró despacio y la miró sin expresión.

—Usted tenía una cinta —repitió Nina, sin aliento—. En la cárcel. Una cinta de Jason diciendo que era idea mía traicionar a los parias, idea mía delatarlos a la Policía de Población. ¿De verdad dijo eso? ¿O la cinta era falsa?

El señor Talbot parpadeó.

—¿Tiene importancia? —preguntó.

—¡Claro que importa! —exclamó Nina.

El señor Talbot alzó una ceja.

—¿Por qué? —dijo.

Nina tenía tantas razones, que se le amontonaban en la cabeza.

—Si él no me traicionó, si de verdad estaba intentando ayudarme... entonces me quería de verdad. Entonces la tía Zenka tenía razón, y el amor lo es todo, y el mundo es un lugar bueno. Y yo podré recordarlo sin amargura. Pero si me traicionó... ¿cómo voy a pensar en lo que vivimos sin odiarlo? ¿Cómo voy a volver a fiarme de alguien nunca más?

—Llevas meses creyendo que te traicionó —dijo el señor Talbot—. Y aun así has confiado en Percy, Matthew y Alia. Y te comportas como si confiaras en Lee y Trey, en el señor Hendricks y en mí. ¿O no?

—Sí, pero... —Nina no sabía explicarlo—. A lo mejor no debería fiarme de usted. Me ha mentido un montón de veces.

Nina se sorprendió cuando el señor Talbot y el señor Hendricks estallaron en carcajadas.

—No tiene gracia —protestó.

El señor Talbot dejó de reírse y suspiró.

—Nina, vivimos tiempos complicados. Me habría encantado que aquella primera vez que hablé contigo en la celda hubiera podido decirte, sin rodeos: «Mira, esto es lo que hay. Odio a la Policía de Población. ¿Y tú?». Y también habría sido estupendo poder estar seguro de que tú me ibas a responder con sinceridad. Pero... ¿de verdad te imaginas que eso habría funcionado? ¿No ves lo fácil que se enturbian las intenciones de todo el mundo, cómo la gente acaba haciendo cosas equivocadas por buenas razones y cosas correctas por razones equivocadas... y que lo único que podemos hacer es intentarlo con todas nuestras fuerzas y confiar en que, de algún modo, algún día, todo salga bien?

Nina bajó la mirada hacia sus manos, todavía manchadas de barro del huerto. Luego volvió a alzarla.

—¿La cinta era falsa o no? —preguntó otra vez.

El señor Talbot la miró de frente.

—Era falsa —dijo en voz baja—. Unos técnicos la montaron recortando y pegando.

En la cara de Nina se dibujó una sonrisa enorme.

—Entonces Lee tenía razón... Jason sí me quería —susurró, asombrada.

El señor Talbot y el señor Hendricks intercambiaron una mirada que a Nina le recordó a cuando estaba con Percy, Matthew y Alia.

—¿Y con eso te basta? —preguntó el señor Talbot—. ¿No importa que Jason estuviera dispuesto a permitir que murieran otros chicos? ¿Te da igual el mal que hizo con tal de que te quisiera a ti?

A Nina se le borró la sonrisa. ¿Por qué tenía que volver a enredarlo todo el señor Talbot?

—No, no —dijo—. Eso no es lo que pienso. Esto solo significa que... no era del todo malo. Además, ya está muerto. Así que puedo... quedarme con lo bueno y dejar de estar enfadada con él.

Se preguntó qué había hecho que Jason fuera como era. Recordó lo desesperada que se había sentido en la celda, cuando había estado tan tentada de traicionar a Percy, Matthew y Alia. ¿Y si Jason había estado aún más desesperado? ¿Y si tampoco quería traicionar a nadie, pero era demasiado débil para resistirse?

Era extraño pensar en Jason como en alguien débil. Ahora incluso podía sentir lástima por él. Y podía aferrarse a eso para siempre, igual que se aferraba a los recuerdos de su abuela y de sus tías.

—Nina —dijo el señor Talbot—. Jason no está muerto. Yo creía que lo habían ejecutado, pero... resulta que otra facción de la Policía de Población pensó que todavía podía serles útil. Hace poco averigüé que está trabajando para la Policía de Población en un proyecto ultrasecreto. Algo que nos preocupa mucho a los que nos oponemos al Gobierno. —Se quedó callado un segundo, como esperando a que Nina asimilara la noticia—. Entonces... ¿qué significa eso para ti? ¿Vas a salir corriendo a su lado, a ayudarlo, porque te quiere?

Nina se quedó mirando al señor Talbot, pasmada.

—¿Está vivo? —susurró, con un hilo de voz—. ¿Está vivo?

Y, por raro que fuera, aquello sonaba a mala noticia. Si Jason estuviera muerto, podría recordarlo con lágrimas en los ojos, fantasear con lo que podría haber sido, igual que la tía Zenka suspiraba por los libros. Pero con él vivo y trabajando para la Policía de Población...

—Tengo que seguir enfadada —dijo en voz alta—. No puedo perdonarlo nunca.

—Vivir amargada es una mala forma de vivir —dijo el señor Talbot.

Nina recordó que él había perdido a Jen, que tenía motivos de sobra para estar furioso con el Gobierno para siempre. Se dejó caer en uno de los sofás del señor Hendricks. Todo aquello la superaba. Ella solo era una niña que había pasado casi toda su vida escondida, escuchando las historias tontas de unas ancianas. ¿Lo eran?

Los cuentos que le habían contado su abuela y sus tías siempre hablaban de gente que se mantenía fiel a lo correcto frente a la adversidad. Si ella había creído que lo que tenía que hacer era quedarse sentada como una princesa, esperando a que un príncipe se enamorara de ella... entonces se había quedado con la parte equivocada de las historias.

Lo miró de frente.

—No quiero vivir con rencor. Pero quiero ayudarle... ¿qué puedo hacer para asegurarme de que el proyecto de Jason fracase?

El señor Talbot casi sonrió. Nina sintió que acababa de superar otra prueba.

—Ya veremos —dijo—. Ya veremos.

Nina volvió hacia el huerto de Lee para terminar de recoger maíz. El sol se estaba poniendo y las sombras se alargaban sobre el sendero. Casi a cada paso pasaba de la luz a la sombra: *Jason sí me quería. Eso es lo que de verdad importa... Pero, aun así, es malvado. ¿Por qué he dicho que ayudaría al señor Talbot contra el Gobierno...? ¿Cómo no iba a decirlo, después de todo lo que ha hecho por mí...? ¿Y qué puedo hacer yo, de todos modos?*

Al acercarse al huerto, vio que Lee estaba esperándola. Y se dio cuenta de que, hiciera lo que hiciera por el señor Talbot, no estaría sola. Seguramente Lee tomaría parte en ello, y también Percy, Matthew y Alia.

Nina recordó lo sola que se había sentido en la celda, meses atrás. Sentirse abandonada y traicionada era peor que el hambre, peor que el frío, peor que las esposas apretándole las muñecas. Pero no la habían abandonado; la habían traicionado sin querer.

—¿Y bien? —dijo Lee en cuanto Nina estuvo lo bastante cerca para oírlo—. ¿Tenía razón?

A Nina le costó un momento recordar de qué hablaba: la cinta. La traición de Jason.

—Es una historia larga —dijo Nina—. Y todavía no ha terminado.

Pero una parte de su historia sí había terminado: la parte en la que era inocente, boba e inútil. Antes le preocupaba que la gente no la recordara como Elodie —Elodie, dulce y cariñosa, la niña pequeña—. Pero Elodie se le había quedado atrás. Y Nina la boba, también. Ahora quería que el nombre que llevase fuese un nombre que la gente respetara... de verdad.

Como el de Jen Talbot.

—Creo que... creo que acabo de ofrecerme para ayudar al señor Talbot y al señor Hendricks a luchar contra la Policía de Población —dijo.

Lee la miró sin apartar la vista.

—Bien —dijo—. Bienvenida al club.

*Este libro se terminó de
editar en Madrid
el 23 de febrero de 2026,
beata Rafaela Ybarra.*